尾形亀之助の詩

大正的「解体」から昭和的「無」へ

／福田拓也

FUKUDA Takuya:
The Poetry of OGATA KAMENOSUKE

思潮社

尾形亀之助の詩

大正的「解体」から昭和的「無」へ

福田拓也

思潮社

目次

装幀＝山羊舎

尾形亀之助の詩

序論　「尾形亀之助」という立ち位置

尾形亀之助の詩ほど、名状し難く、捕捉し難い魅力を持つている詩は少い。彼が落ちついた言葉で、ただごとのやうな詩を書くと、読む者の心は異常な衝撃をうけて時として不思議な胸騒ぎさへおこる。どこにそんな刺激があるのか、読み返してみても分からない。彼の詩の言葉が尋常一様の言葉でないことだけは明らかである。その言葉は現実を語つてゐて、同時にその現実を超えてゐる。彼はイズムを口にしなかつたが、超現実といふものに彼の詩の如き一秘密国があることを痛感せざるを得ない。彼の詩に一種の畏怖を感じ、しかもその故にかぎりないけん引を感ずるのは奇怪である。彼は自分の詩を絶対の場においてわづかに書きとめた。その背後には書くに及ばないと彼自身が見した莫大な詩量が在ることを私は知る。世上に在る多くの詩の如きは彼にとつてほとんど書くに及ばない詩なのである。

尾形亀之助は人間として恐ろしく進んだ裁断のきびしい人であつた。極めてあたりまへのやうに振舞ふことが、実は高度の倫理であつた。（…）彼のやうな人にはめつたに会はない。この白皙の貴公子は巴里に生まれればよかつた。このやうな詩人をあれだけで死なしめた日本の貧しさ、あはれさを思ひ憮然とする。尾形亀之助はいまだに可能性を満載して地下に灰を埋めてゐる。［…］

（『高村光太郎全集』第八巻、二七八頁）

一九四八年に書かれた高村光太郎のこの言葉は、尾形亀之助の詩を読む時に覚える捉えどころがないといった感じを過不足なく正確に語っている。

実際、尾形亀之助の詩は、「ただごとのやうな詩」でありながら、「尋常一様の言葉でない」。また、「その言葉は現実を語つてゐて、同時にその現実を超えてゐる」。

例えば、亀之助の次のような文はどうであろうか。

とうに朝は過ぎて、しんとした太陽が青い空に出てゐた。

（「二月」、『雨になる朝』）

久しぶりで髪をつんだ。昼の空は晴れて青かつた。

（「冬日」、『雨になる朝』）

障子に陽ざしが斜になる頃は、この家では便所が一番に明るい。

（「三月の日」、『障子のある家』）

実は、これらの文は尾形亀之助の書いたものの中でももっとも美しい文であると言っていいのだが、「ただごと」でありながら「ただごと」でない、現実を書きながら現実を超えているといった亀之助の詩の二面性、二重性がこれらの文からも窺えるのではないか。

ここには、ごく普通の日常的で身近な事物や事象がただ書いてあるようでいながら、同時に虚無、空虚、どこかから戻って来た幽霊という感じ、何か、世界が、風景が戻って来たという感じがある。

フロイトは、「不気味なもの」というエッセーで、「不気味なものとは、ある種の驚愕をもたらすものなのだが、それは旧知のもの、とうの昔から馴染みのものに起因するのだ」と書いている（『フロイト全集』第十七巻、五頁）。引用した亀之助の詩行は、まさに「ある種の驚愕をもたらすもの」であると同時に「馴染みのもの」でもある「不気味なもの」であると言えまいか。しかも、亀之助の文には、どこかから帰って来たものだという印象を与えるものがある。フロイトによれば、「不気味なものとは、内密にして－慣れ親しまれたもの、抑圧を経験しつつもその状態から回帰したものである」（同四二頁）。引用した亀之助の文の「ただごと」でありながら「ただごと」でないということの、「ただごと」でないということに、それらが何らかの「抑圧」から「回帰」したものであるということが関わっているのではないか。

それでは、『雨になる朝』や『障子のある家』の亀之助の詩は、何の「抑圧」から「回帰」したものなのか？

このことを考える前に、亀之助の詩の一種独特の捉え難さのもう一つの要因である、大正十四年（一九二五年）の『色ガラスの街』から昭和四年（一九二九年）の『雨になる朝』、そして昭和五年（一九三〇年）の『障子のある家』へと至る詩業の中での亀之助の詩の変化について考えたいと思う。

一見して明らかなように、大正十四年（一九二五年）の『色ガラスの街』は、萩原朔太郎の詩集『青猫』中の「青猫」、「閑雅な食慾」、「馬車の中で」を思わせるような、一種の理想主義に裏打ちされた西洋的風俗や事物に特徴付けられる詩、あるいは未来派的発想の詩、要するに西洋的・前衛的な詩を多く含んでいる。

亀之助のこのような西洋的・前衛的詩を、昭和十一年の萩原朔太郎の表現を借りて、

「現實する生活や文化と交渉なく、趣味性の觀念上で遊戯してゐるところの、本質的ヂレッタンチズムの文學」(「理性に醒めよ——詩壇と文壇の問題」、『萩原朔太郎全集』第十巻所収、二一二頁)として非難することもあるいは可能であろう。『尾形亀之助論』の秋元潔の次の指摘は、この方向でなされている。

未来派美術協会やマヴォにあって大正期前衛美術運動に先駆し、安西冬衛や北川冬彦の『亜』、春山行夫の『詩と詩論』に作品を寄せていたころの尾形亀之助は、近代を無批判にうけいれる西洋かぶれのスノッブにすぎない。大正十四年刊行の第一詩集は『色ガラスの街』というバタくさい題名なのに、昭和五年刊行の第三詩集は『障子のある家』と東洋的・日本的な題名にかわっていて、近代への自覚がうながされたことを示している。全体主義体制の政治的犠牲者であるロシア未来派の亡命画家との交流、ワイマール体制下のドイツから帰国した村山知義、革命進行中の中国から帰国した草野心平らとの交流が、近代への自覚をうながしたのかもしれない。(『尾形亀之助論』、五一一頁)

的確で示唆に富む秋元のこの指摘が見逃しているものがあるとすれば、『色ガラスの街』が既に、「バタくさい」詩篇と並んで、日本的で身近な題材を書いた詩をも収録しているということである。

これはどういうことであろうか？

この問題を考えるために、私はまず、この亀之助論で私が「メルヘン」的詩と呼ぶことになる朔太郎の「青猫」的発想の西洋的光景・風物を素材とする詩の盲点として日本家屋の「部屋」があることを指摘したい。この「部屋」は、メルヘン的詩による言語化の失敗として、『色ガラスの街』のいくつかの詩の中に記入されている。フランスの精神分析学者ジャック・ラカンの言い方を借りれば、象徴化の「袋小路」としての「現実的なるもの」として現われる、と言ってもよいだろう。『色ガラスの街』のもう一つの傾向である未来派的な詩について言えば、この未来派的詩は、「部屋」を消費欲望を産出する西洋風な商品・生産物として言語化するので、現実の生活の場としての部屋、「日本的なるもの」としての「部屋」を書くことはできない。日本的な風物を書いた詩的断片は、メルヘン的・未来派的詩のこの無力・不能による風景の欠落点を埋めるべく書かれたものではないかというのが、私の仮説である。

ここで、先程の「抑圧」に戻ると、私の仮定によれば、メルヘン的詩・未来派的詩という極めて大正期的と言ってよい詩的言語が、高村光太郎の言う「ただごと」、「現実」、あるいは朔太郎の言う「現實する生活」、つまり身近で日本的な風物や風景の表象を「抑圧」していた、ということになる。とは言え、小林秀雄の言う「文學的解體期」（「芥川龍之介の美神と宿命」）としての大正期の西洋的・前衛的詩の「抑圧」はもとより完全なものではなかったので、それは、日記的・覚え書き的断片という形でのそれら「日本的なるもの」たちの回帰を許すものであった。メルヘン的詩・未来派的詩もあれば、日本的現実・風景を書いた詩的断片もあるという『色ガラスの街』の多様性・雑多性は、「文學的解體期」である大正時代の通時的解体過程の共時的現われと考えるべきではないか。

昭和四年の『雨になる朝』、そして昭和五年の『障子のある家』に至るにつれ、亀之助の書く詩から、西洋的・前衛的なタイプの詩は消えて行き、日本家屋の「部屋」の現実や周囲の風景を書いたものばかりになって行く。『雨になる朝』にはまだ、「超現実的」「短詩」の断片とでも呼ぶべきものが現われるが、『障子のある家』になるとそれすらもほぼ全く消える。これを別の言い方で言えば、亀之助の詩集が「抑圧」から「回帰」した日本家屋の内部や身近な風景のどこか「幽霊」的な詩的表象で覆われるということになる。最初に引用した亀之助の文のどこか戻って来たような感じ、高村光太郎の言う「ただごとのやうな詩」でありながら、「尋常一様の言葉でない」感じ、「現実を語つてゐて、同時にその現実を超えてゐる」感じを説明すると、このようなことになる。

それでは、『雨になる朝』、とりわけ『障子のある家』の亀之助の詩は、家や身近な風景を身辺雑記的に写しただけのいわゆる「写実主義」的な詩、昭和三年、すなわちほぼ同時代の萩原朔太郎の言葉を借りれば「米鹽のための所帯暮しや、日常茶飯の身邊記事やを題材とするといふ意味」での「所謂「生活派」の文藝」（『詩の原理』、『萩原朔太郎全集』第六巻所収、四三頁）とでも言うべきものに過ぎなかったのだろうか。

ある意味では、その通りであると言える。ただ、『障子のある家』の亀之助の散文詩は、余りにも徹底して「米鹽のための所帯暮しや、日常茶飯の身邊記事やを題材と」し、文字通り朔太郎の言う「單に「生きる」ための實生活」を書いているので、「所謂「生活派」の文藝」以前、と言うか、「文藝」以前、文学以前といった印象を与える。それを「写実」と言うのなら、それは、小林秀雄がまさに昭和五年の「アシルと龜の子Ⅳ」で指摘するような、余りにも「寫實」的であるために、文学的制度である「寫實」主義を突き抜けて現われる「荒唐無稽と見える」テクストに近いものだ（「では、寫實とは常に、それが正確であれば正確な程、荒唐無稽と見えるのであるか。正にその通りである」、『小林秀雄全集』第一巻所収、二二九頁）。それは、「實生活」を書いたものであるが、「實生活」を書くとする既に制度化された「写実主義」や「自然主義」によっては言語化されていなかったような「實生活」の言語化だ。その意味で、つまり、それまで文学や詩という形では言語化されていなかった何かが言語化されているという意味で、亀之助の『障子のある家』の散文詩群にはそれまで未聞の何かが出現していると言ってよいであろう。

それでは、その何かとは何であろうか。『障子のある家』には、それまで日本の詩によって言語化されていなかった何が言語化されているのだろうか。

『障子のある家』に書かれているのは、朔太郎の表現を借りれば、純粋な形で提出された「單に「生きる」ための實生活」であると言える。

そして、この「單に「生きる」ための實生活」が自分の生命維持のための日常の様々な行為の目的連関として書かれているという点で、『障子のある家』の散文詩群は、一九二七年（昭和二年）、つまり『障子のある家』とほぼ同時期に出版された『有と時』に於けるハイデガーの「配慮」や「道具」の連関についての思考に響き合うものをもっている。ハイデガーによれば、「道具は本質上、「…するための或るもの」である」。そして、「「する-ため」」という構造の内には、或るものを或るものへ指し向けるということが、存している」（『有と時』、『ハイデッガー全集』第二巻所収、創文社、一〇八頁）。ハイデガーが、対象として主体の前に現われる計量可能な均質的な自然空間を思考して来た西洋の哲学的言説がそれまでは言語化出来なかったような「指し向け」の連鎖から成る主題化されていない日常的な空間を言語化したように、亀之助は、それまで日本で詩としても文学としても言語化されていなかった指し向けの構造の総体としての「家」、構造としての「日本的なるもの」を言語化したと言えるだろう。

こうして、『障子のある家』に至って、大正期的メルヘン詩にとっての「現実的なるもの」であった日本家屋の「部屋」が十全に言語化されることになる。しかし、それと同時に、今度は、目的への指し向けの連鎖のないところにも指し向け構造を想定し、それによって指し向けの不発を頻発させ、指し向け構造としての「日本的なるもの」を機能不全に陥らせようとする亀之助の戦略的イロニーによって、風景が指し向け構造の不在としての「無」によって穴を穿たれたものとして現われる。とりわけ、「青い空」が、言語による象徴化の失敗としての「袋小路」、「現実的なるもの」として出現する……。

このように叙述される大正末期の『色ガラスの街』から昭和初期の『障子のある家』へと至る亀之助の詩的歩みは、西洋的なるものから日本的なるものへ、そして「無」の出現へと至る行程に他ならないという点で、昭和十二年、つまり『障子のある家』から七年後に萩原朔太郎が明確に定式化する「日本への回帰」を予見するものであると言える。

風景のうちに無、あるいは「虚無」を見る点で、確かに亀之助と朔太郎は共通している。しかし、『障子のある家』の亀之助の無は、亀之助の戦略的フェティシズムあるいは戦略的イロニーによって作られたものであり、あるいは言語による象徴化の「諸限界、袋小路の点たち」（ラカン）として露出したものであり、朔太郎に於けるような「日本的なるもの」の喪失といったものではない。そこにはしたがって、「よるべなき魂の悲しい漂泊者の歌」（「日本への回歸」、『萩原朔太郎全集』第十巻所収、四八九頁）もない。また、亀之助の「日本的なるもの」とは、構造としての「日本的なるもの」であり、その点、朔太郎の場合とは異なる。最後に、亀之助の場合には、朔太郎に於けるような「新日本」の「創設」（同四八八頁）への希望はない。

太平洋戦争開始後、昭和十七年九月に発表された亀之助最後の詩である「大キナ戦（1　蝿と角笛）」には、「無」として現われた「空」の空無を大正期的メルヘン的夢想によって埋めようとして失敗する「私」の姿がある。つまり、大正末期の『色ガラスの街』にあっては、メルヘン的詩による言語化・象徴化の限界・失敗を表象する「部屋」の空無を埋めるべく、「日本的なるもの」の断片が回帰していたが、『障子のある家』以降の亀之助の詩にあっては、「無」の穿たれた風景——私が「昭和的なるもの」と呼びたいもの——の孕む空虚を埋めるべく大正期的なメルヘン的幻想が呼び出されるものの、それはついにやって来ない。そして、「形のない国」、つまり、日本の帝国主義的膨張の幻想も「昭和的なるもの」としての風景の空無を埋めにはやって来ないのである。こうして、尾形亀之助は昭和的な「無」にさらされたままその詩作と人生を終えることになる。「尾形亀之助」とは、西洋的・前衛的詩によって見捨てられ、また国家の帝国主義的膨張の幻想に救われることもなくただ「無」にさらされ続ける、昭和のある時期に於けるそのような恐らく極めて稀な立ち位置を言うのではないだろうか。

Ⅰ　『色ガラスの街』
——大正的解体過程の共時的現われ

1 メルヘン的詩と詩の産出の場としての「部屋」

『色ガラスの街』という詩集にあっては、この詩集自体が、未来派的実験の詩、朔太郎の「青猫」的抒情詩、日記的断章など様々なタイプの詩の寄せ集めといった印象を与えるのみならず、一つの詩も、あたかも欠損した商品のように、いくつかの断片のちぐはぐな寄せ集めという感を与えることが多い。

そんな中で、次に引用する「美くしい街」という詩は、「青猫」の朔太郎的抒情で全篇染められたメルヘン（あるいは亀之助の表現を使えば「メールヘン」となろうか。亀之助は、自身の主宰する詩誌「月曜」創刊号（一九二六年一月）編集後記で、「ひろい意味での「メールヘン」です」と言い、それを「童話、童謡、詩、絵、音楽、戯曲、小説、読物、随筆すべてやさしい形のもので、手放してはもの足りない春のステツキです」と形容している）といった趣を示しており、詩全体に一つの統一性がある点で例外に属すると言っていいかもしれない。

私は美しい少女と街をゆく
ぴつたりと私に寄りそつてゐる少女のかすかな息と
私の靴のつまさきと

少しばかり乾いた砂と
すつかり私にたよつてしまつてゐる少女の微笑

私は
街に酔ふ美しい少女の手の温くみを感じて心ひそかに――熱心に
少女に愛を求めてゐる

×

私はいつも街の美しい看板を思ふ
そして　遠く街に憧れて空を見てゐる

ここに描かれているのは、具体的な細部をほとんど全く削ぎ落とされた抽象的な「街」に於ける「少女」との「愛」であり、交情であり、身体的接触である。そして、「少女」とのこの交流が実際に起こったことであるというよりは、夢想されたものであり、「憧れ」の対象であることが、「私はいつも街の美しい看板を思ふ／そして　遠く街に憧れて空を見てゐる」という最後の二行で明かされている。しかし、この最後の二行も、「街」

という詩の統一的空間の同質性、均質性を損なうまでには至っていない。つまり、「街」での「少女」との交流を「憧れ」に過ぎないものであることを明かす「私」はいるが、その「私」が蟠踞するはずの日本家屋の「部屋」、「書斎」、「畳の間」といった「街」とは全く異質な、まさにメルヘン的詩的言語にとっては、それ自身の産出の場であるにも拘わらず、表象不可能である空間の闖入は、この詩には見られない。「私」はまさに「遠く街に憧れて」いるのであり、亀之助のこの詩集でのメルヘン的詩は、憧れの対象である抽象的な「遠く」を書くのには適していても、それ自身の産出の場である日本家屋の「部屋」を書くには無力なのである。「美くしい街」という詩は、したがって、逆説的にも、その統一性によって、この時点での亀之助の詩的言語の盲点、西洋的な詩の産出の場である日本的・土俗的な空間を書くことの不能を告白していると言えよう。

次の「無題詩」にもほぼ同じことが言える。

私の愛してゐる少女は
今日も一人で散歩に出かけます

彼女は賑やかな街を通りぬけて原へ出かけます

そして
彼女はきまつて短く刈りこんだ土手の草の上に坐つて花を摘んでゐるのです

私は
彼女が土手の草の上に坐つて花を摘んでゐることを想ひます
そして
彼女が水のやうな風に吹かれて立ちあがるのを待つてゐるのです

「風」、「水」、「草」などエレメントにまで還元された抽象的な風景の中で、「一人で散歩に出かけ」る「少女」の「花を摘」むというまさに少女趣味的としか言いようのない行為が展開される。「街」、「原」、「土手」というのは、亀之助のこの詩集でのメルヘン的な夢想の展開される特権的空間であると言える。この詩に於いても、「少女」のいる情景が夢想されたものにすぎないことが明かされてはいる（「私は／彼女が土手の草の上に坐つて花を摘んでゐることを想ひます」）。しかし、日本家屋の「部屋」という詩的夢想の主体が位置するはずの空間は、こうしたメルヘン的詩の象徴作用の達することのできない外部、盲点としてあるに過ぎない。

『色ガラスの街』特有のこのメルヘン的抒情が萩原朔太郎の「青猫」的抒情に通底するものであることは、既に指摘した。実際、亀之助のこれらの詩篇に描かれた夢想には、萩原朔太郎の「青猫」の「われの求めてやまざる幸福」に通ずる一種の理想主義がある。

この美しい都会を愛するのはよいことだ
この美しい都会の建築を愛するのはよいことだ
すべてのやさしい女性をもとめるために
すべての高貴な生活をもとめるために
この都にきて賑やかな街路を通るのはよいことだ

（「青猫」部分）

亀之助の詩に於いては「街」となるであろう「美しい都会」への「愛」、そしてそこで「すべてのやさしい女性をもとめる」こと、それが「高貴な生活をもとめる」ことであるという、日本的現実の忘却によって維持される一種の理想主義に彩られた夢想は、まさに『色ガラスの街』での亀之助の夢想と同じ構造を有すると言ってよい。そして、「青猫」の第二連で「幸福」の「夢」の裏にある「青い猫のかげ」、「幸福の青い影」、忘却・隠蔽されていたはずの「裏町の壁」という日本的現実の回帰するさまが描かれているように、亀之助の詩に於いても多くの場合、西洋的風俗としての「美しい少女」を愛する「夢」の背後に、しばしばその「夢」産出の場であり、その隠蔽しきれない中心をなすものである「部屋」、「室」、「書斎」の存在が示されている。「風」という詩は、憧れの「彼女」のいる空間が「私の書斎」で夢想されたものであり、夢想的な詩が「私の書斎」で書かれたものであることを示している。

風は
いつぺんに十人の女に恋することが出来る

男はとても風にはかなはない

夕方——
やはらかいショールに埋づめた彼女の頬を風がなでてゐた
そして　生垣の路を彼女はつつましく歩いていつた
そして　又

路を曲ると颪が何か彼女にささやいた
ああ　俺はそこに彼女のにつこり微笑したのを見たのだ

颪は
彼女の化粧するまを白粉をこぼしたり
耳に垂れたほつれ毛をくはへたりする

颪は
彼女の手袋の織目から美しい手をのぞきこんだりする

そして　颪は
私の書斎の窓をたたいて笑つたりするのです

「ショール」や「手袋」や「化粧」で洋風に装った「彼女」を様々な形で思う存分愛撫する「颪」は、均質な空間内を自由に移動し、最後に、「私の書斎の窓をたたいて笑つたりする」。「書斎」はしたがって、少なくともこの詩に於いては、均質な詩的空間内ならどこにでも行くことのできる「風」の入り込むことのできない場所として、詩的言語の象徴化することのできない起源、産出の場としてある。「窓をたた」き、「書斎」とそこにいる「私」の存在を暗示することしかできない詩的言語の無力であるとも言える。しかし、「少女」何人分もとの交歓の集められたこの詩に於いて、「風」は無力であると同時に、その無力さにも拘わらず、「窓をたた」くことによって、「彼女」を妄想し、いわば視姦する「私」の不意を襲う。詩的言語の隠喩とも考えられる風は、ほとんど抽象的と言ってもいい風景の中にいるこれもまた奇妙に具体性を欠いた「彼女」に接触しこれを書く能力を持っているが、それと同時に「書斎」の中にいる「私」を見ようとし、合図を送る。すなわち、「書斎」と「私」を書く能力はもっていないにも拘わらず、それらの存在を暗示することによって敢えて書こうとする。

ジャック・ラカンは、『セミネール第二〇巻　まだ』で、「現実的なるものは表現の袋小路によってしか記入され得ないだろう」と言い、「象徴的なるものに参入する現実的なるものを示す諸限界、袋小路の点たち」に言及している。メルヘン的詩の言語化・象徴化の失敗としてメルヘン的夢想の世界に記入されている「書斎」は、まさにラカンの言う「袋小路」としての「現実的なるもの」であると言えるだろう。

日本的風土とかけ離れた均質的・抽象的空間の中で夢想された少女への愛がもっぱら問題となっている「美くしい街」や「無題詩」などの詩篇、そして「書斎」とそこで西洋風に着飾った女を抽象的な風景の中に夢想する「私」を暗示しはするもののかえってそれらを描き切るメルヘン的詩の不能が露わになっている「風」という詩がある一方で、美しい少女を「求め」る「私」と「私」のいる「室」という異質な空間の存在が明示された詩もある。例えば、「十一月の晴れた十一時頃」がそうだ。

じつと
私をみつめた眼を見ました

いつか路を曲がらうとしたとき
突きあたりさうになつた少女の
ちよつとだけではあつたが
私の眼をのぞきこんだ眼です

私は　今日も眼を求めてゐた

十一月の晴れわたつた十一時頃の
室に

少女との出会いの果される街の風景の中に穿たれた一種の欠損、盲点として、「眼を求め」る「私」のいる「室」がある。「室」は、奇妙に具体的細部を欠いた抽象的とすら言える風景の中での少女との出会いを夢想することを事とする詩的言語による象徴化を逃れる、詩的言語にとって表象不可能なもの、メルヘン的な詩の象徴作用の「袋小路」、「現実的なるもの」としてこれらの詩行に現われている。「十一月の晴れた十一時頃」は、したがって、「美くしい街」や「無題詩」などの詩とは異なり、その最後の三行に於いて、メルヘン的詩による表象化を逃れ去ろうとする「室」という詩の外部をもとりあえずは言語化している。とは言え、そこには「室」の具体的細部が書き込まれているわけではなく、そこにあるのは「十一月の晴れわたつた十一時頃の／室に」という季節と時刻の覚え書き的な記載だけであり、この最後の三行は、かえってメルヘン的な詩の無力を露呈していると言える。

このように、『色ガラスの街』のメルヘン的詩は、「私」のいる「部屋」、「室」、「書斎」を辛うじて書き込むにしても、それは言語化の失敗としてメルヘン的空間に記入するに留まる。次に引用する「春（春になつて私は心よくなまけてゐる）」という詩にあるように、「書斎は私の爪ほどの大きさもな」いのである。

私は自分を愛してゐる
かぎりなく愛してゐる

このよく晴れた
春――
私は空ほどに大きく眼を開いてみたい

そして
書斎は私の爪ほどの大きさもなく
掌に春をのせて
驢馬に乗つて街へ出かけて行きたい

「私は自分を愛してゐる／かぎりなく愛してゐる」という冒頭の二行からもわかるように、

朔太郎の「青猫」にも通じる一種の理想主義に裏打ちされ、事物の大小関係を自由に変え（「私は空ほどに大きく眼を開いてみたい」、「掌に春をのせて」）、「驢馬」という西洋的な風物の登場するこのメルヘン的夢想の世界に「書斎」は辛うじて記入されているものの、それは「私の爪ほどの大きさもな」い。

メルヘン的な詩が、「私」が少女を夢想する「書斎」や「室」というまさに自身の産出の場を表象する力を持っていない以上、それを言語化するために亀之助は、例えば、「十一月の晴れた十一時頃」の最後の三行「私は　今日も眼を求めてゐた／十一月の晴れわたつた十一時頃の／室に」という日時と場所の記述の如き非詩的な言語に訴えることになる。「私」の生活の場である「部屋」で「少女」が「夢み」られていることがはっきりと言及されている「昼　床にゐる」という詩の第一連と第二連で用いられている手紙的な報告も、メルヘン的詩的言語では言語化できない穴を埋めるために呼び出されたそのような非詩的言語であると言える。

今日は少し熱があります
ちよつと風邪きみなのでせう

明るい二階に
昼すぎまで寝て居りました

その上で、風邪気味で寝ている床の「ぬくみの中」で少女が「夢み」られていることが語られている。「床のぬくみ」を介して、詩人の夢想は「少女の頬のぬくみ」に達する。

少女の頬のぬくみは
この床のぬくみに似てゐるのかしら
私は　やはらかいぬくみの中に体をよこたへて
魚のように夢を見てゐました
（…）
そして
私はちかく坐る少女を夢みてぼんやりしてゐる

（「昼　床にゐる」部分）

「夕暮れに温くむ心」の場合は、手紙文的な言語の力を借りながらも（「このごろ私は／少女の黒い瞳をまぶたに感じて／少しばかりの温くみを心に伝へてゐるものです」）、かなりの程度まで、少女を夢想するメルヘン的な詩の産出の場を詩として言語化することに成功している。この詩にあっては、少女に憧れる詩人の姿は、「そつと手をあげて少女の愛を求めてゐる奇妙な姿」というグロテスクな形姿を借りている。

夕暮れは
窓から部屋に這入つてきます

このごろ私は
少女の黒い瞳をまぶたに感じて
少しばかりの温くみを心に伝へてゐるものです

夕暮れにうずくまつて
そつと手をあげて少女の愛を求めてゐる奇妙な姿が
私の魂を借りにくる

美しい少女への「夢」や「憧れ」は、「部屋」という「ここ」、風邪をひいて床についたり、部屋にうずくまって「奇妙な姿」、奇妙な姿勢を取る詩人と切り離されてあるものではない。

「私」の夢想・「憧れ」を題材にした詩篇は、二つのタイプに分類することができるだろう。一つは、「美くしい街」や「無題詩」のように、非現実的な風景の中での少女との関わり、少女への「憧れ」が表現されただけの作品、もう一つのタイプは、作品によりその程度は様々ではあるが、理想化され半ば抽象的にさえなった風景とはかけ離れた日本家屋の「部屋」や「書斎」に於いて少女を夢想し空想的な詩を書く詩人の姿までが描かれた作品群である。

少女を「部屋」で夢想する詩人の姿まで描かれた詩や、朔太郎であれば「高貴な生活」とでも呼ぶであろうものへの「憧れ」・夢想の産出の場までが明かされた詩は、まさにドイツ・ロマン主義的意味での「産出者をもその所産によって叙述」する詩、「その叙述のどれをとってみてもそれが同時に自分自身をも表現した」詩、「あらゆる点で文学でありつつ、同時に文学の文学」(フリードリッヒ・シュレーゲル「アテネーウム断片」、『ロマン派文学論』所収、五五頁)であるような詩であると言えるだろう。

2 未来派の書き換え

もちろん『色ガラスの街』という詩集、そしてそこでの亀之助の詩は、朔太郎の「青猫」的な性格を持つというように留まるものではない。

例えば、大正十一年に未来派美術協会会員となり、未来派展に出品した尾形の詩は、どこまで未来派的であると言えるだろうか？

川路柳虹は、大正十一年の「未来派及び立体派とその詩歌――マリネツティーとアポリネールに就て」に於いて、未来派の詩人が好んで「擬聲音（Onomatopoeia）」を用いることを指摘している。オノマトペの使用という点では、『色ガラスの街』の尾形亀之助は、例えば「函の中の音楽」の平戸廉吉と同様、未来派詩人であると言えるだろう。既に引用した「雨　雨」のオノマトペの他にも、全篇オノマトペから成る「ある来訪者への接待」のような詩もある。

どてどてとてたてててたてた
たてとて
てれてれたとことこと

ららんぴぴぴ　ぴ
とつてんとのぷ
ん
んんんん　ん

（「ある来訪者への接待」部分）

主題的に見るとどうだろうか？
ここで、明治四十二年の森鷗外による翻訳・紹介以来、幾度となく翻訳されているマリネッティの「未来派宣言」の一節を想い起こしてみよう。

十一、僕らは歌ふであらう、勞働、快樂または反抗に由つて激勵された大群衆を、（…）烟吐く蛇の大食にして慾深き停車場を、その烟の束によつて雲にまで連らなる工場を、日に輝く河々の悪魔的刄物の上に投げられた體操家の飛躍にも似た橋梁を、地の涯を嗅ぐ勇猛な郵船を、長い管で緊められた鋼鐵の巨大な馬のやうにレールの上を飛躍する大きな胸をした機關車を、［…］。

（「未来主義とは何ぞ」部分、中山蕗一訳、「新潮」、大正十一年）

『色ガラスの街』に、「工場」、「停車場」、「機関車」、「橋」など、マリネッティが「宣言」の一節で挙げる未来派的テーマが出て来ることは確かだ。

例えば、「情慾」という詩には、「橋」が出て来る。

何んでも　私がすばらしく大きい立派な橋を渡りかけてゐました　ら――
向ふ側から猫が渡つて来ました
私は　ここで猫に出逢つてはと思ふと

さう思つたことが橋のきげんをそこねて
するすると一本橋のやうに細くなつてしまひました

（「情慾」部分）

しかし、最初こそ「大きい立派な橋」であったものの、「私」が「ここで猫に出逢つてては」と思ったくらいで「するすると一本橋のやうに細くなつてしま」うこの「橋」に、マリネッティの言う「體操家の飛躍にも似た橋梁」の力強さがないことは明白だろう。やはりすぐれて未来派的テーマである「停車場」と「群衆」について見てみよう。

遠くの停車場では
青いシルクハットを被つた人達でいつぱいだ

晴れてはゐてもそのために
どこかしらごみごみしく
無口な人達ではあるがさはがしく
うす暗い停車場は
いつそう暗い

美くしい人達は
顔を見合せてゐるらしい

（「曇天」）

この詩に於ける「群衆」は、「さはがし」いと同時に「無口」であるという両義性を帯びている。この「顔を見合せてゐる」「美くしい人達」に、マリネッティの言う「勞働、快樂または反抗に由って激勵された大群衆」の面影はない。同様に、「うす暗い停車場」もまた「烟吐く蛇の大食にして慾深き停車場」の活力を備えてはいないようだ。

「私は待つ時間の中に這入つてゐる」という詩にあっては、マリネッティの「長い管で緊められた鋼鐵の巨大な馬のやうにレールの上を飛躍する大きな胸をした機關車」は「ひっそりした電車」となり、「停車場の窓はみなとざされてゐ」る。

ひつそりした電車の中です
未だ　私だけしか乗つてはゐません

赤い停車場の窓はみなとざされてゐて　　　　（「私は待つ時間の中に這入つてゐる」部分）

詩集中に「機関車」も現われるが、それは、「鋼鐵の巨大な馬のやうにレールの上を飛躍する」というような運動性を全く欠いた止まっている「機関車」、「掃除」されている「機関車」である。

遠くの方で
機関車の掃除が始まつてゐる
そして　石炭がしつとり湿つてゐるので何か火夫がぶつぶつ言つてゐるのが聞えるやう

な気がする

（「東雲（これからしののめの大きい瞳がはじけます）」部分）

「工場」もまたこの詩集にあっては、マリネッティの「その烟の束によつて雲にまで連らなる工場」とは反対に、「啞」のごとく「音のしない」もの、極めて不活発なものとして提出されている。

工場の煙突と　それから
もう一本遠くの方に煙突を見つけて
そこまで引いていつた線は

啞が　街で
啞の友達に逢つたような

（「音のしない昼の風景」）

要するに、『色ガラスの街』に現われる「停車場」、「機関車」、「工場」などは、機能停止、あるいは休業状態に追い込まれたかのような不活発さを呈している。

川路柳虹は、「未来派及び立体派とその詩歌」に於いて、「疾走し咆吼する自動車」、「輝き飛翔する飛行機」、「工場の喧噪」、「貪婪の停車場」などを列挙しながら、「これら都會の物質文明の一切に見る動的感覺こそ未來派の詩材である」と言っている。また、木村荘八は、「未来派に就て」(「研精美術」、大正二年)で次のように書いている。「自動車、飛行機、戦闘、革命、——凡て擻騒せる物、跳躍せる物は彼等の望むところである安静、平温は今彼等の敵である」。

したがって、未来派の詩が例えば「停車場」、「機関車」、「工場」などに言及するとすれば、それはそれらの「動的感覚」、躍動性、活動性の故にであることは明らかだ。それに対して、尾形亀之助は「停車場」、「機関車」、「工場」などの資本主義的諸要素を活動停止したもの・機能停止したものとして提出している。「労働過程で役だっていない機械は無用である」。マルクスは『資本論』でそのように書いたが(『マルクス=エンゲルス全集』第二十三巻第一分冊所収、二四〇頁)、亀之助はここで、「停車場」、「機関車」、「工場」などの諸要素を資本の増殖にとってまさに「無用」なものとして書いていると言えよう。そしてそのことによって亀之助は、マリネッティの「宣言」とそれへの註解を中心とする未来派についての当時の日本の批評的言説を踏まえ前提とした上で、未来派的詩に固有の諸要素を未来派とは逆の文脈で用いることによって、未来派的詩の書き換えを行なっている。ここにも、『色ガラスの街』に於ける尾形亀之助の詩の批評性とイロニーが認められる。

それでは、『色ガラスの街』に於ける亀之助は、どの点に於いて未来派的だったと言えるのだろうか。

もし亀之助がその詩作に於いて少なくともある程度まで未来派的であったとすれば、彼がこの詩集に於いて、マリネッティの言う「アナロジイ」という考えを踏まえた上で詩作している点に於いてであろう。マリネッティは言う。「アナロジイは、相隔り相離れ相反する物と物とを固く結びつける無限の愛に外ならぬ」（平戸廉吉「同一表現主義《アナロジスム》に就て」に引用、「日本詩人」、大正十一年）。

このようなマリネッティ的「アナロジイ」という考えを反映した一つの例として、「犬の影が私の心に写つてゐる」という詩を読んでみよう。

明るいけれども　暮れ方のやうなもののただよつてゐる一本のたての路——
柳などが細々とうなだれて　遠くの空は蒼ざめたがらすのやうにさびしく
白い犬が一匹立ちすくんでゐる

おゝ　これは砂糖のかたまりがぬるま湯の中でとけるやうに涙ぐましい

×

私は　雲の多い月夜の空をあはれなさけび声をあげて通る犬の群の影を見たことがある

ここでは、恐らく湯を入れたガラスのコップである一種の「色ガラス」を通して見た風景が書かれているとみていいかもしれない。「色ガラス」に取り込まれた「空」は、「蒼ざめたがらすのやうに」とあるように、半ばガラス化している。「白い犬」は、マリネッティ的「アナロジイ」によって、「砂糖のかたまり」に近付けられる。あるいは、逆に「砂糖のかたまり」を見る視線が「白い犬」に導かれたのかもしれない。三行目で「白い犬が一匹」とあったのが、最後の詩行では、「犬の群」となっているが、これは、「砂糖のかたまりがぬるま湯の中でとける」という「色ガラス」の中での詩的出来事から出発して、マリネッティ的「アナロジイ」の力で、現実の風景に働きかけ、「砂糖のかたまり」のごとき「白い犬」を溶けつつある砂糖のようにばらばらにして複数の「犬の群」とした、と考えられるだろう。

3 「アナロジイ」と商品化する詩

マリネッティ的「アナロジイ」を創出するために『色ガラスの街』で好んで使われる装置に「のやうに」、「のやうな」という語がある。

例えば、既に引用した「犬の影が私の心に写つてゐる」という詩の「遠くの空は蒼ざめたがらすのやうにさびしく」という部分の「のやうに」がそうだ。

ここで確認しておきたいのは、「のやうに」という装置が、「空」と「がらす」を結びつけることによって、「空」をいわば「がらす」化し、「がらす」のような一種西洋風な装飾品、商品、あるいは、「消費の刺戟を、消費力そのものを、欲望として創造することによって、消費を生産する」（マルクス『経済学批判』、三〇二頁）生産によって作り出されたという限りでの生産物を創出しているということだ。亀之助がこの詩集で、未来派的詩が労働力を次から次へと吸収し資本の増殖を極度に推し進める固定資本として捉えていた「停車場」、「機関車」、「工場」などの諸テーマを逆方向に捉え直し、労働力を吸収しない停止状態にある固定資本として書き換えたことは既に指摘した。同様に、「のやうに」による「アナロジイ」の創出も単なる前衛詩的な技法といったものではなくて、商品生産といった経済的な問題と切り離されてあるわけではない。

実際、尾形には人間と商品の区別がつかなくなる瞬間がある。例えば、『日本詩選集一九二八年版』の「夜店」という詩には次のようにある。

電燈を一つゞつ吊るして店が幾つも列らんでゐる
そこは
商品とペーブメントを歩く人との区別もなくなつてゐる

『色ガラスの街』に於いても、例えば「一人　一人」を「のようで」を介して「造花」に接近させる「明るい夜」に於けるように、亀之助の詩が人間を商品化することを目論んでいるように思える時がある。

一人　一人がまつたく造花のようで
手は柔らかく　ふくらんでゐて
しなやかに夜気が蒸れる
（「明るい夜」部分）

「五月の花婿」では、「ガラスのきやしやな人」とあるように、助詞の「の」によって人間を消費の欲望を喚起する「ガラス」製の生産物・商品とした上で、「のやうに」によって「金魚」や「新らしい時計」などの他の商品と引き較べている。

陽ざしのよい山のみねを
歩いてゐる　ガラスのきやしやな人は
金魚のやうにはなやかで
新らしい時計のやうに美くしい

（「五月の花婿」部分）

人間だけではなく事物も商品化される。

昭和二年に発行された「太平洋詩人」第二巻第一号に発表された「冬日」という詩には、「（太陽はショーウヰンドウの中に飾られた）」という一行がある。「太陽」を「ショーウヰンドウの中に」入れることによって、この詩行は「太陽」を商品化していると言えよう。「事物をそれらが通常属している連関から引き離すこと――これは展示された状態にある商品においては普通のことである――［…］」（「セントラルパーク」、『ベンヤミン・コレクションI』所収、三八一頁）。ベンヤミンはこのように書いたが、亀之助の詩行にあってはまさに「事物をそれらが通常属している連関から引き離す」という詩的操作が同時に「太陽」を商品化することになっている。
『色ガラスの街』に於いては、ここまで典型的な例は見当たらない。しかし、「ガラス」の中に「昼」や「夜」、または天候・季節を入れる、閉じ込めるという詩的行為は見出される。「太平洋詩人」に発表された「冬日」の詩行を手掛かりに、『色ガラスの街』の昼夜・天候・季節の「ガラス」の中への封じ込めというテーマを、それらの商品化という方向で読み解くことはできないだろうか。
その前に、ごく単純な比較によって「夜」を商品化している例を挙げよう。

これは——
カステーラのように
明るい夜だ
（「明るい夜」部分）

ここでは、「のように」を使った比喩で、「明るい夜」を「カステーラ」という洋風で洒落た商品へと変貌させている。大正十五年の「銅鑼」九号に発表された「幼年」という詩には、「お菓子」と「一日」を「のやうな」で結び付けた「お菓子のやうな一日」という表現が見られる。これらの詩には、昼夜というごく基本的な身の回りの現実を未来派的

「アナロジイ」によって西洋風な商品へと変化させ、現実を未来派的詩的言語によって表象可能なものへと変貌させることによって詩を書くという亀之助の手法が見えている。
もっとも、この「明るい夜」という詩の「アナロジイ」について言えば、「手」と「菓子」を「のやうに」でつなげ、消費の欲望、「食慾」をそそる生産物の如きものとする萩原朔太郎の『青猫』中の「その手は菓子である」を思わせるものもある。

そのじつにかはゆらしい　むつくりとした工合はどうだ
そのまるまるとして菓子のやうにふくらんだ工合はどうだ
（…）
ああ　その手の上に接吻がしたい
そつくりと口にあてて喰べてしまひたい
（…）
その手の甲はわつぷるのふくらみで
その手の指は氷砂糖のつめたい食慾
ああ　この食慾
子供のやうに意地のきたない無恥の食慾。

（「その手は菓子である」部分）

『色ガラスの街』の、「アナロジイ」の力によって人やものを消費の欲望を喚起する西洋風の生産物あるいは商品と化する詩は、単に未来派的であるというよりも、時に未来派的詩と朔太郎の「青猫」風の西洋的道具立てをもったメルヘン的詩との中間形態であると考えられるかもしれない。

昼夜・天候・季節の商品化の問題に戻ろう。

大抵の場合、昼夜・天候・季節の商品化・生産物化は、それらを外気にさらしたままではなし得ない。何らかの形で、それらを箱状のものの中に囲い込み、閉じ込め、それによって私物化することが必要である。それは、例えば「マッチの箱」でもあり得る。

すてきな陽気です

×

マッチの箱はからで
五月頃の空気がいつぱいつまつてゐる

（「昼ちよつと前です」部分）

「昼ちよつと前です」の「五月頃の空気」は、それがたとえ「すてきな陽気」であっても、外に放置しておくだけでは、未来派的詩的言語によって言語化・表象化され得ない。尾形はとりわけ、日本家屋の中にあって唯一西洋風で洒落た商品を容れる容器あるいは「ショーウヰンドウ」たり得る場所であるガラス窓のある「部屋」に着目する。

秋は　綺麗にみがいたガラスの中です

（「秋」部分）

午後の陽は　ガラス戸越に部屋に溜つて

そとは明るい昼なのです

（「昼の部屋」部分）

これらの詩に於いて、「部屋」は、それ自体商品になるとは言えないにしても、「秋」や「午後の陽」を商品として保持する容器、「ショーウヰンドウ」のごときものとなっている。次に引用する「昼の部屋」と題された二篇の詩のうちの一つは、昼の空気を「部屋」に取り込み、「のように」を用いた比喩の力でそれを「ゼリー」という洋菓子、消費の欲望を生み出す西洋風で洒落た商品と化することに成功している。

テーブルの上の皿に
りんごとみかんとばなな——と

昼の
部屋の中は
ガラス窓の中にゼリーのやうにかたまつてゐる

一人——部屋の隅に
人がゐる

ここで、「部屋」は、未来派的「アナロジイ」の力で「ゼリーのやうにかたまつ」た空気を入れる容器のごときものと化している。一方で、「部屋」がメルヘン的詩によっては表象できない詩の産出の場であったことを思うと、この詩集に於ける「部屋」の両義性を結論付けることもできるだろう。メルヘン的詩によっては言語化・象徴化できなかった「部屋」が、未来派的「アナロジイ」によって、洋菓子を包む容器という形のもとに言語化されたということである。

4　尾形亀之助の気象学

「わたくし思ふに／思想はなほ天候のやうなものであるか」。『青猫』所収の「天候と思想」という詩に於いて朔太郎はこのように書いている。

『色ガラスの街』に於ける尾形亀之助についてはどうであろうか。亀之助の詩に於いてもやはり「天候」と「思想」の何らかの関係が認められるのではないか。

例えば、亀之助が昭和二年の「冬日」で「(太陽はショーウヰンドウの中に飾られた)」と書き、「太陽」を商品として「ショーウヰンドウ」に入れたことをもう一度思い起こしてみよう。

本書でこれまで、昼夜・天候・季節の「ガラス窓」越しの生産物化・商品化の例として見て来た詩篇に於いても、亀之助の詩が陽光、あるいは陽光に満ちた晴天を取り込むことに腐心しているさまが窺える。

午後の陽は　ガラス戸越に部屋に溜つて
そとは明るい昼なのです
（「昼の部屋」部分）

空はよく晴れわたつて
子供等の歌が聞えてくる
（…）
秋は　綺麗にみがいたガラスの中です
（「秋」部分）

ここから、晴天が商品化という亀之助の詩に特有の操作になじむものであるという仮説を立てることも可能であろう。少なくとも、商品化された物や人と晴天との間には隣接性がある。

次に引用する「春」という詩には、商品化に不可欠な「私」や事物の変貌が晴天によって引き起こされ得ることが語られている。

このよく晴れた

春――
私は空ほどに大きく眼を開いてみたい

そして
書斎は私の爪ほどの大きさもなく
掌に春をのせて
驢馬に乗つて街へ出かけて行きたい

（「春」部分）

晴れという天候のもと、まず、希求という形ではあるが、「空ほどに大きく眼を開」くという事物間の大小の関係を狂わせるような空間的変貌が語られる。同様の変貌によって、「書斎」は「私の爪ほどの大きさもな」い小さなものとされてしまう。そして、この空間的変形は、「春」を「掌」に乗るくらい小さなものとすることによって、「春」という季節の私物化を可能とする。最後に、「街」は、「驢馬に乗って」出かけるにふさわしい西洋風なものとしていわば商品化される。この詩に於いて、晴天は、季節を私物化し、「街」を洋風化・商品化しようとする詩人の欲望が十全に展開されることを可能にしていると言えよう。

「夏」という詩には、「八月」の「太陽が焦げ」る晴天のもとで、「澄しこんだ」商品となる「風と窓」、そしてすぐれて西洋風な商品である「三色菫」が現われる。

空のまん中で太陽が焦げた

八月は空のお祭りだ

何んと澄しこんだ風と窓だ

三色菫だ

晴天は人間の商品化とも密接に結びついている。例えば、「私　私はそのとき朝の紅茶を飲んでゐた」には、次のようにある。

十一月の晴れわたつた朝

私は新しい洋服にそでをとほしてゐる

×

髪につけた明るいりぼんに
私の心は軽るい

（「私　私はそのとき朝の紅茶を飲んでゐた」部分）

「新しい洋服にそでをとほしてゐる」ということはごく普通の行為であるとしても、髪に「りぼん」をつけるということの奇矯さはどうであろうか。既に引用したように、「商品とペーブメントを歩く人との区別もなくなつてゐる」という瞬間をもつこともある亀之助であるから、ここは、「新しい洋服にそでをとほし」、髪に「明るいりぼん」をつけることによって、「私」が自身を西洋風で洒落た商品へと仕立てあげていると考えることができるのではないか。そして、「私」の商品化が晴天という舞台設定のもとに実現されることも忘れてはならない。

「五月の花婿」にあっても、「金魚のやうにはなやかで／新らしい時計のやうに美くしい」とあるように、「金魚」や「新らしい時計」などの商品と比較され得る商品化された人間である「ガラスのきやしやな人」は、晴天のもとを、「陽ざしのよい山のみねを／歩いてゐる」。つまり、ここでも商品となった「人」と晴天との間に隣接性が確認される。

陽ざしのよい山のみねを
歩いてゐる　ガラスのきやしやな人は
金魚のやうにはなやかで
新らしい時計のやうに美くしい

事物や人間の商品化を促すかに見える晴天に対して、「曇天」の場合はどうであろうか。まさに「曇天」と題された詩には、商品化ということについての「曇天」の微妙な位置が表現されている。

晴れてはゐてもそのために
どこかしらごみごみしく
無口な人達ではあるがさはがしく
うす暗い停車場は
いつそう暗い

美しい人達は
顔を見合せてゐるらしい

（「曇天」部分）

「曇天」には晴れの日の美しさや華やかさはない。「曇天」であるにもかかわらず「晴れて」いるという両義性は、「無口」ではあるが「さはがし」い「人達」という両義性に呼応しているのかもしれない。いずれにしても、「どこかしらごみごみしく」「暗い」「停車場」は、この詩に於いて、商品たるにふさわしくないものとして提出されているように思われる。
「うす曇る日」と題された詩の最後の二行を見てみよう。

うす曇る日は
私は早く窓をしめてしまひます

（「うす曇る日」部分）

先述したように、「部屋」が陽光を溜めてそれを商品化し保持する容器となるとすれば、この二行では、「私」は窓を閉めることによって、「部屋」をそのような容器たらしめることを拒否していると言えるかもしれない。

「曇天」が「穴のあいた」「一ぺんのネル」と同様、破損した商品のごときものであることは、「十二月の無題詩」にはっきりと示されている。

それは
少女の黄色い腰をつつむ
一ぺんのネルである

×

穴のあいたような
十二月の昼の曇天に
私はうつかり相手に笑ひかける

（「十二月の無題詩」部分）

晴天・曇天に対して、雨天はこの詩集に於いてどのような扱いを受けているのであろうか？　雨の商品化ということがこの詩集の中で起こっているのであろうか？

商品化と言い得るような変貌が「雨」にもたらされている詩があるとすれば、それは「雨　雨」と題された詩であろう。

DORADORADO——
TI-TATATA-TA
TI-TOTOTO-TO
DORADORADO

TI-TOTOTO-TO
DORADORADO——
雨は
ガラスの花

雨は
いちんち眼鏡をかけて

ここでは、「雨」はローマ字で記されたオノマトペの闖入という形で現われる。それがローマ字で書かれた言うまでもなく西洋的なオノマトペであることから、「ガラスの花」

というような「雨」の隠喩化・商品化が行われたのではないか。
しかし、このような「雨」の商品化は、この詩集にあってはむしろ例外に属しているようだ。多くの場合、雨天のもとに描かれる風景は、化粧された女のごとく美化され商品化された西洋風の風景ではなく、商品化する未来派的な詩の射程からは外れるような身の回りにあるごく普通の日本的な風景であるように思われる。そうした詩には、日常の細部への視線が感じられる。

雨の中の細路のかたはら
草むらに一本だけ桔梗が咲いてゐる
（「一本の桔梗を見る」部分）

土手も　草もびつしよりぬれて
ほそぼそと遠くまで降つてゐる雨

雨によどんだ灰色の空
（「昼の雨」部分）

ここに引用した詩行を詩と呼ぶことができるのか。メルヘン的詩に於ける夢想された少女のいる風景や未来派的詩によるガラス化されたこぎれいな商品として結晶化した事物や人物の創出が『色ガラスの街』に於ける尾形亀之助の詩的行為であるとすれば、これらの詩行は亀之助的意味での詩であるとは言えないであろう。これらは、目にした雨天の風景の単なるメモと言ってもいいかもしれない。もし、引用された二行を含む「一本の桔梗を見る」が詩として成立するとすれば、それは、直前に置かれた「かはいそうな囚人が逃げた／一直線に逃げた」という二行のフィクション的要素との接近・衝突によるものであると言っていいであろう。また、「昼の雨」が詩として成り立つのは、「松林の中では／祭りでもありさうだ」という最後に置かれた二行の惹き起こし得る軽い驚きによると考えていいであろう。

「昼の雨」の「土手」や「草」について一言付け加えれば、もしこれが晴天、あるいは少なくとも雨天でなければ、既に引用した「無題詩」にあったように、「土手」や「草」は「少女」についてのメルヘン的な夢想が展開されるための舞台装置をなすに過ぎなかったであろう（「彼女はきまつて短く刈りこんだ土手の草の上に坐つて花を摘んでゐるのです」）。「昼の雨」にあっては、「土手」や「草」は、「少女」なしのただの風景、詩的夢想によって作られたというよりも、覚え書きの題材をなす身近な風景の構成要素であるに過ぎない。メモ、あるいは詩の中への日記的断片の闖入と言ってもよいかもしれない。たった二行からなる「雨」を引用してみよう。

四日も雨だ――
それでも松の葉はとんがり

「四日も雨だ」という一行はまさに日記的要素の闖入であると考えていいであろう。この詩も、二行目で導入された「松の葉」と「雨」の形態的類似で辛うじて詩たり得ていると言うことができる。

この詩集に於ける「雨天」の詩の特徴としては、内容的には、メルヘン的詩あるいは未来派的詩の力によって夢想され美化され西洋化された事物・人間・風景の描写に代わるいわば裸の日常的風景の闖入が挙げられ、形式的には、覚え書き・日記的断片など非詩的要素のメルヘン的・未来派的詩への乱入がとりあえずは指摘され得る。

「昼」という詩にも、覚え書きや日記的要素が混入している。

昼の雨

ちんたいした部屋
天井が低い

おれは
ねころんでゐて蠅をつかまへた

一行目の「昼の雨」は、思潮社の現代詩文庫版では「昼は雨」となっている。「昼は雨」の方が、日記的色彩がより濃くなっているように思われるが、それはともかく、この詩には、「天井が低い」という、メルヘン的あるいは未来派的詩という「色ガラス」を通したのでは見えてこない身近な現実が覚え書き的に記されている。「おれは／ねころんでゐて蠅をつかまへた」という詩行にも同様のことが言える。この二行は、誰もがやり得るごく日常的で身近な仕草ではあるが、詩の題材であるとは考えられていなかった「ねころんでゐて蠅をつかまへた」という行為が詩行という扱いを受けて詩の中に闖入している。もし日本的家屋に於ける行住坐臥の日常を生のままで書いたものは詩ではないという未来派的前衛詩の「諸規則の総体」（ミシェル・フーコー）があるとすれば、詩として考えられていなかった言葉を詩として書き発表するという行為に「諸規則」、文学的制度を裏切る尾形亀之助の知性、亀之助の詩の批判性を読み取ることもできるのではないか。「ねころんでゐて蠅をつかまへた」というおよそ詩的言語や詩的夢想によって創出されたものであるとは言えないような行為が詩人の視界に入ったのが「雨天」によるものであるということを強調しておこう。もし晴れた日であったなら、既に引用した「十一月の晴れた十一時頃」にあるように、詩人は「少女」を夢想したであろうからだ。「私は　今日も眼を求めてゐた／十一月の晴れわたつた十一時頃の／室に」。

同様に、「雨天」のもとでは、「寝床の中でうまい話ばかり考へてゐる」という極めて散文的・非詩的な事実が詩の中に闖入して来る。

雨は私に降る――
私の胸の白い手の上に降る

×

私は薔薇を見かけて微笑する暗示をもつてゐない

正しい迷信もない

そして　寝床の中でうまい話ばかり考へてゐる

（「寂しすぎる」）

「私は薔薇を見かけて微笑する暗示をもつてゐない」。この一文も、「薔薇」という西洋的な商品への雨天のもとでの無関心を示していると考えることができそうである。やはり「雨」を題材にした「無題詩」も「昨夜　私はなかなか眠れなかつた」という日記の記述を思わせる一文で始まっている。

昨夜　私はなかなか眠れなかつた

そして
湿つた蚊帳の中に雨の匂ひをかいでゐた
夜はラシヤのやうに厚く
私は自分の寝てゐるのを見てゐた

（「無題詩」部分）

「夜」と「ラシヤ」のかなり強引な接近という詩的手法による詩行と、日記的断片や「湿つた蚊帳の中に雨の匂ひをかいでゐた」というようなごく日常的な仕草・事実の覚え書き的記述の並存というところにこの「無題詩」の特徴がある。もう一つ指摘しておきたいのは、「私は自分の寝てゐるのを見てゐた」とあるように、ここには、「私」の分裂が起こっているということだ。ごく日常的で身近な光景や仕草が「雨天」のもとにあっては異様なものに見え出して来る。もっとも身近なものである筈の「私」までがどこかなじみのない異様なものに見えて来る、その萌芽が「私は自分の寝てゐるのを見てゐた」という詩行に現われているのではないか。

「わたくし思ふに／思想はなほ天候のやうなものであるか」と『青猫』所収の「天候と思想」という詩に書いた朔太郎によれば、晴天、つまり「軽快な天気」にあっては、「自然は明るく小綺麗でせいせいとして」おり、「美麗な自動車《かあ》が　娘等がはしり廻」るということになる。

自然は明るく小綺麗でせいせいとして
そのうへにも匂ひがあつた
森にも　辻にも　売店にも
どこにも青空がひるがへりて美麗であつた

そんな軽快な天気に
美麗な自動車《かあ》が　娘等がはしり廻つた。

「自動車《かあ》」とあるように、ここに描かれた「小綺麗」な風景がどこか西洋的なものであることを見逃してはならない。それに対して、朔太郎の『青猫』にあって、雨天を特徴付けるのは、「貧乏」であり、「民衆のふるい伝統」であり、ごく身近にある日本的なものである。

雨のふる間
眺めは白ぼけて
建物　建物　びたびたにぬれ
さみしい荒廃した田舎をみる
そこに感情をくさらして
かれらは馬のやうにくらしてゐた。
（…）

私は貧乏を見たのです
このびたびたする雨気の中に
ずつくり濡れたる　孤独の　非常に厭やらしいものを見たのです。

（「厭やらしい景物」部分）

こんな白雨のふつてる間
どこにも新しい信仰はありはしない
詩人はありきたりの思想をうたひ
民衆のふるい伝統は畳の上になやんでゐる
ああこの厭やな天気
日ざしの鈍い季節

（「悪い季節」部分）

『色ガラスの街』に於いて、「晴天」と「小綺麗」な風景とが結びついており、「雨天」がそれに対して日本的・日常的な風景に深く関わっていることを思うと、朔太郎的な「天候と思想」との関わりが『青猫』とほぼ同時期の『色ガラスの街』にも認められると考えることができよう。

5 顔・侵入者・「日本的なるもの」

「序の二　煙草は私の旅びとである」という詩に於いて、「街」は「どことなく顔のやうな」と形容されている。

これは人のゐない街だ

一人の人もゐない　犬も通らない丁度ま夜中の街をそのままもつて来たやうな気味のわるい街です
街路樹も緑色ではなく　敷石も古るぼけて霧のやうなものにさへぎられてゐる　どことなく顔のやうな街です
風も雨も陽も　ひよつとすると空もない平らな腐れた花の匂ひのする街です
何時頃から人が居なくなつたのか　何故居なくなつたのか　少しもわからない街です

（「序の二　煙草は私の旅びとである」部分）

「街路樹」があったり「敷石」があったりするのだから、ここで問題になっている「街」

が、亀之助の詩句を借りて言えば、「西洋風の繁華な街」（「たひらな壁」）であることは確かだろう。夢想された少女としばしば結びついたこのような「街」、「美しい都会」（萩原朔太郎「青猫」）が、朔太郎が「青猫」で言及した「高貴な生活」の理想とも通ずる憧れの対象としてあったことは既に指摘した。「序の二　煙草は私の旅びとである」では、その「街」が街としての属性を剝ぎ取られて、「顔のやうな」ものとして現われて来る。つまり、一番身近でありながら普段当然のこととされている「顔」が何かなじみのない不気味なものとして現われる、「街」が丁度そのように得体の知れない何かとして現われて来るということである。

「顔のやうな街」とは、フロイトの言う「内密にして－慣れ親しまれたもの、抑圧を経験しつつもその状態から回帰したもの」としての「不気味なもの」（「不気味なもの」、『フロイト全集』第十七巻、岩波書店、四二頁）と言えるかもしれない。フロイトによれば、「不気味なものとは実際、何ら新しいものでも疎遠なものでもなく、心の生活には古くから馴染みのものであり、それが抑圧のプロセスを通して心の生活から疎外されていたにすぎない」（同三六頁）ということになる。

それでは、フロイト的な「不気味なもの」は、『色ガラスの街』に於いては何にあたるのだろうか？

風景の中に「西洋風の繁華な街」、あるいは、詩集の題名を借りれば、商品化された風景としての「色ガラスの街」を見ようとし、そこに「少女」との出会いを夢想するというこの詩集での亀之助の詩の傾向については既に述べた。その際に、フロイト流に言えば、「抑圧」されるものは、日本家屋の「部屋」の中で西洋風の街や少女を夢想する時にグロテスクでさえある詩人自身の姿であり、雨天の際に露わになる日常的・日本的な風景である。風景を西洋風に歪曲し、お洒落で「小綺麗」な商品に変貌させる「色ガラス」がまさにこの詩集に於ける尾形亀之助のメルヘン的・未来派的詩であると言える。そして、この詩集は、既に見たように、西洋風な風景を描いた詩のみならず、抑圧状態から「回帰」し、露わになる日本的風景や日本的家屋に住む詩人自身の姿、「顔」として現われる「日本的なるもの」に言及した詩をも含んでいる。

既に引用した「無題詩」には、「夜はラシヤのやうに厚く／私は自分の寝てゐるのを見てゐた」とあった。一番なじみのある自分の「顔」がなじみのない「不気味なもの」として現われるその萌芽が、「自分」のこの分裂にあると言ってもいいかもしれない。

実際、この詩集には、自分がなじみのない他者として出現するということがしばしば起こる。例えば、「尾形亀之助」が他者である以上、自分が「尾形亀之助」であることを否認するということが起こり得る。

（電話）
「モシモシ――あなたは尾形亀之助さんですか」
「いいえ　ちがひます」

（「七月の　朝の」部分）

「九月の詩」では、鏡の中の自分が「おばけ」として現われる。

昼寝

かうばしい本のにほひ

おばけが鏡をのぞいてゐた

「顔が」という詩にあっては、「顔」がまさに得体の知れない「不気味なもの」として「私」の前に現われる。

私は机の上で顔に出逢ひます
顔は
いつも眠むさうな喰べすぎを思はせる
太つた顔です
（…）
夜
燈を消して床に這入つて眼をつぶると
ちよつとの間その顔が少し大きくなつて私の顔のそばに来てゐます
（「顔が」部分）

「顔」と同様、ごく傍にある馴染みである筈のもの、例えば、隣人、「隣の死にそうな老人」が、不気味な異物として、メルヘン的夢想の場である「部屋」に入り込んで来ようとすることもある。

隣りに死にそうな老人がゐる

どうにも私は
その老人が気になつてたまらない
力のない足音をさせたり
こそこそ戸をあけて這入つていつて
そのまま音が消えてしまつたりする
逢ふまいと思つてゐるのに不思議によく出あふ
そして
うつかりすると私の家に這入つてきそうになる
（「隣の死にそうな老人」）

「隣の死にそうな老人」とは、「気になつてたまらない」何か、そして「逢ふまいと思つてゐるのに不思議によく出あふ」何か、抑圧状態から「回帰」して来る「日本的なるもの」と言えよう。

「老人」と同様に「こそこそ這入つて」来るグロテスクなもの、馴染みであるにもかかわらず「不気味」な異物でもあるものに「螻蛄《おけら》」がある。これもまた、メルヘン的・未来派的詩の射程外にありながら「遠慮」しながらも「部屋」に入り込んで来る日常的なるもの、「日本的なるもの」であると言えるだろう。

秋になつた――
螻蛄がこそこそ這入つて来た
くだのようなからだを引きずつて這入つて来た

遠慮でもしてゐるように
頭のところにばかりついてゐる足を動かして
近路をしに部屋に這入つて来たように
気がねそうに歩いて

（「螻蛄《おけら》が這入つて来た」）

「顔」、「おばけ」、「隣の死にそうな老人」、「螻蛄《おけら》」などは、メルヘン的詩や未来派的「アナロジイ」の「日本的なるもの」を言語化することの無力の痕跡としての風景の欠落、「袋小路」、「現実的なるもの」を埋めに回帰して来る「日本的なるもの」の断片群であると言っていいだろう。この「日本的なるもの」がより具体的にどのようなものであるのかは、昭和四年の『障子のある家』の散文詩群の分析を俟って初めて明らかになるだろう。

何故なら、大正末期のメルヘン的詩・未来派的詩によって抑圧された「日本的なるもの」は、昭和初期の亀之助の散文詩群によって初めて十全に言語化されるからだ。「日本的なるもの」とは、大正期に抑圧された何かが起源なき反復によって昭和初期に初めて出現したものであると言えるだろう。

Ⅱ　『雨になる朝』そして『障子のある家』

――「部屋」の言語化と「無」の露出

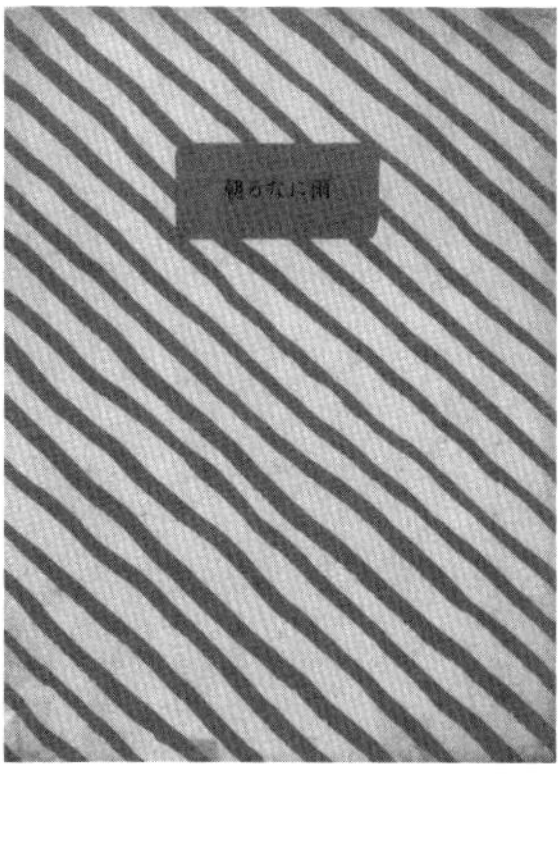

1 「超現実的」詩と風景の回帰――『雨になる朝』について

『色ガラスの街』という詩集に於いて、朔太郎の『青猫』風のメルヘン的言語によっては表象不可能であるものとして、メルヘン的な詩の産出の場である日本家屋の「部屋」、「室」、「書斎」があった。「部屋」を始めとする身の回りの風景の細部を表象できないというメルヘン的詩の不能は、メルヘン的詩によっては言語化できない「部屋」やごく身近な事物の欠落をかえってラカンの言う「袋小路」あるいは「現実的なるもの」として露呈させるものであった。亀之助は、手紙的な文、日記的覚え書き、そして未来派的「アナロジイ」などを使って「部屋」とそこに蟠踞する詩人の姿を様々な形で言語化することにより、メルヘン的詩的言語の作り出す欠如、象徴化できぬものの露出による破れ目を塞ごうとした。『色ガラスの街』という詩集の文体的・テーマ的多様性の一端はそのような亀之助の努力に由来するに違いない。

『色ガラスの街』以後、昭和四年の『雨になる朝』から昭和五年の『障子のある家』へと至る流れもまた、メルヘン的な詩や未来派的「アナロジイ」では表象不可能な詩の産出の場の言語化という方向で解釈できるだろう。

昭和二年に「太平洋詩人」に発表された「「検温器と花」私評」に於いて、亀之助は「短詩型」を「ハイカラなパラソル」と形容している。「この間私は、尾の太いパラソルをそれに実に似やはしくない女がもってゐるのを見て苦笑したのです。これはあきらかに流行が彼女を恥かしめてゐるのです。私は、ハイカラなパラソルを短詩型に彼女を詩人に例へたくはありません。」

『色ガラスの街』と『障子のある家』との間の過渡的段階を画する詩集であると言える昭和四年の『雨になる朝』には確かに、未来派的「アナロジイ」を用いた詩の延長上にあると言え、亀之助が「ハイカラなパラソル」と形容した短詩的な詩行が確認される。

太鼓は空をゴム鞠にする　（「親と子」部分）

太陽には魚のやうにまぶたがない　（「昼」部分）

十一月が鳥のやうな眼をしてゐる　（「十一月の電話」部分）

もちろん、『雨になる朝』の出版された昭和四年は、「てふてふが一匹韃靼《だったん》海峡を渡つて行つた。」（「春」）という「短詩」を含む安西冬衛の『軍艦茉莉』、そして西脇順三郎の『超現実主義詩論』の刊行された年であるから、引用した亀之助の詩行に見られる「アナロジイ」は、未来派的であるというより、「超現実主義的」と言えるのかもしれない。実際、北川冬彦が『雨になる朝』を「童心」という言葉で評したことへの反駁を綴る昭和四年の文章で、亀之助は、「超現実主義的」なものを既に経験済みであると書いている。「［…］六七年以前に、私は今年の二科会などの超現実主義的と言はれる作品よりもつとさ、い、うである仕事をしてきてゐるのだし、「詩」作にも現在の「詩と詩論」の同人諸君の作品のそれに同じいものをもして来てゐる。（…）こんなことをわざわざ言ふことはテレ臭いことであるが、私が彼等より新らしいと言ふ意味にではなく、私がもう種痘をしてゐるといふ意味でのみ述べてゐる次第である。」（「詩神」第十一号）。

西脇順三郎が『超現実主義詩論』で引用するピエール・ルヴェルディによれば、「二つの現実の関係が遠く離れればはなれる程、又それが平均すればする程、その心像の力が強くなる」ということだが、実際亀之助の詩行で結び付けられている「空」と「ゴム鞠」、「太陽」と「魚」、そして「十一月」と「鳥」は、それぞれその「関係」が「遠く離れ」た「二つの現実」と言ってよいだろう。

ルヴェルディの言う「二つの現実」である「空」と「ゴム鞠」を、「太陽」と「魚」を、そして「十一月」と「鳥」を「アナロジイ」によって結び付けるためには、一種の夢の力によって事物の秩序を混乱させておく必要がある。書く行為による、そして夢の力による事物の秩序の混乱の手続きは、例えば「夜　疲れてゐる晩春」のような詩にあっては、「一晩中電燈をつけ」るという行為として現われている。

啼いてゐる蛙に辞書のやうな重い本をのせやう
遅い月の出には墨を塗つてしまはふ

そして
一晩中電燈をつけておかう

ここでは、「啼いてゐる蛙」や「遅い月の出」という家の外で展開されている現象に「辞書」や「墨」という書斎の内部のものを強引に接続することによって事物の秩序を乱そうとする意図が確認される。「辞書」や「墨」が書く行為に関わるものであることを考えれば、家の外に存する事物や現象の秩序に対する書く行為の優位をかなり強引に肯定しようという意図が感じられる。

「夜がさみしい」にも「電燈をつけたまゝ」という同様な状況が認められる。

眠れないので夜が更ける

私は電燈をつけたまゝ仰向けになつて寝床に入つてゐる

電車の音が遠くから聞えてくると急に夜が糸のやうに細長くなつて

その端に電車がゆはへついてゐる

「電車の音」という家の外部の世界の一現象から出発して、恐らく一種の夢の力を借りて「夜」と「糸」を結び付け、「電車の音が遠くから聞えてくる」という現実の一種の詩的な変形を実現させている。

『色ガラスの街』にあっては、朔太郎の「青猫」的夢想と未来派的「アナロジイ」としてあったものが、『雨になる朝』では、「青猫」的夢想は「電燈をつける」という行為が象徴する夢へと、そして、未来派的「アナロジイ」は「超現実主義」的「アナロジイ」へと変化したと言えるかもしれない。『色ガラスの街』に於いて、メルヘン的言語では言語化不可能であり、日記的・覚え書き的断片や未来派的「アナロジイ」を用いることによって初めて言語化可能であった「部屋」や「書斎」は、『雨になる朝』にあっては、夜、電燈をつけることによって外部世界を消し、アナロジイを実現させる夢の展開される場、「一枚のスクリンに映つてゐる夜」（「部屋の中は一枚のスクリンに映つてゐる夜である。」、「秋　電燈」部分、「民謡詩人」第一巻第三号、昭和二年）として現われる。「電燈をつける」という行為と「夢」のつながりについては、「夜の向ふに広い海のある夢を見た」という題名の夢に関わるはずの詩が、「電燈をつける」という行為について語っているのが示唆的であろう。

私は毎日一人で部屋の中にゐた
そして　一日づつ日を暮らした

秋は漸くふかく
私は電燈をつけたまゝでなければ眠れない日が多くなつた

また、「夢」というものが亀之助にあっては、現実の秩序に混乱をもたらすものであり、ある意味で事物を「自分の思ひ通りに」するものであることは、『障子のある家』の「五月」という詩の次の詩行からも明らかであろう。

昨夜は犬が馬ほどの大きさになつて荷車を引かされてゐる夢を見た。そして、自分の思ひ通りになつたのをひどく満足してゐるところであつた。

（「五月」部分）

外部世界を夜の闇の中に消し、事物の秩序を混乱させる「夢」の力を象徴する「電燈」は、『雨になる朝』に採録されなかった「美しい街」のような詩にあっては、それ自体が「超現実主義」的「アナロジイ」によって「花」と結び付けられ、「電燈の花」として現われる。（「私はお前の電燈の花が一つ欲しい」、「亜」二十七号、昭和二年）。また、「花」という詩には、「電燈が花になる空想は／一生私から消えないだろう」（「近代風景」一月号、昭和二年）とある。

『雨になる朝』に現われる「電燈をつける」という行為は、亀之助が『色ガラスの街』に続く第二詩集として「電燈装飾」という詩集を構想していたことの痕跡と考えることができるだろう。「私と詩」という文章で、亀之助は次のように書いている。「『色ガラスの街』以後の詩を集めて、この五月頃に『電燈装飾』といふ詩集にして出版したいと思つて

＼当店にお売りください／

鬼滅の刃

呪術廻戦

僕のヒーローアカデミア

ブルーロック

缶バッチ・ラバスト

アクキー

＼１点から大歓迎！／

お待ちいたしております！！

＼当店にお売りください／

ぬいぐるみ

－stuffed toy－

ちいかわ
ポケモン
マリオシリーズ
星のカービィ

ゐたが、去年の暮れに男の子が生れたので、この希望は中止しなければならなくなつた。［…］」（「亜」二十八号、昭和二年）。第二詩集が『電燈装飾』の代わりに『雨になる朝』となったことは、超現実主義と距離を取るようになったこととも関係があろう。それは、昭和四年の「詩神」第十一号に発表された「童心とはひどい」の次の一文にも現われている。「たゞ断つて置くが、その頃でさへ楽器と言つてピアノの形などを、ねぎぼう主といつて白い少女といふ活字を列らべる、又は栗が「ぶた」に似ているといふやうないたづらに似たことは発表することを何んとなく恥じたものであつた。」。

実際、既に引用した例えば「太陽には魚のやうにまぶたがない」というような「ハイカラなパラソル」にも喩えられる短詩的な詩行は、『雨になる朝』にあってはむしろ例外に属する。

確かに、「電燈をつけ」たからと言って、外の世界が消え、それによって事物の世界に混乱が導き入れられ、かけ離れた「二つの現実」を接続する「超現実主義」的「アナロジイ」が実現されるとは限らない。むしろ多くの場合は、「電燈をつけ」たものの外の世界が消え、部屋の外に夜以外何もなくなってしまうようだ。亀之助も言うように、「何処を探してももう夜には昼がない」（「夜」）のである。あるいは、「秋日」にあるように、「部屋に燈をともし」たところで「暗い庭先」しか見えないのである。

一日の終りに暗い夜が来る
私達は部屋に燈をともして
夜食をたべる

煙草に火をつける

私達は昼ほど快活ではなくなつてゐる
煙草に火をつけて暗い庭先を見てゐるのである

この詩にあっては、「超現実主義」的「アナロジイ」によって実現する「ハイカラなパラソル」にも比すべき詩行は出て来ない。むしろ日記的・覚え書き的断片を連ねることによって、「パラソル」をもつ「それに実に似やはしくない女」、すなわち、詩の産出の場である「部屋」で「燈をともし」、詩作の準備をする詩人の姿が書かれているのみである。しかも、「部屋」の外の世界に何らの秩序の改変も、事物間の何らの意想外の接続も起こらない。「外は暗いだらう」、『雨になる朝』の最後に置かれた「雨が降る」という詩の一行は言う。この詩の「窓を開けても雨は止むまい」という詩行は、「部屋」の中での自身の行為によって「部屋」の外の世界に働きかけて、事物の秩序に混乱を生じさせ新たな結合を生み出すことのあきらめの表明とも取れる。

夜の雨は音をたて丶降つてゐる

外は暗いだらう

窓を開けても雨は止むまい

部屋の中は内から窓を閉ざしてゐる

「窓をあければ何があるのであらう」。「恋愛後記」という詩の一行はこのように自問する。このような問いは、恐らく『色ガラスの街』に於いては問われ得なかったであろう。『色ガラスの街』では、朔太郎の「青猫」的な一種の理想主義に彩られた抽象的な風景とそこにいる「少女」をメルヘン的詩によって窓の外に作り上げることが問題であった。そして、そうでない場合には、未来派的隠喩によって、人やもの、昼夜・天候・季節などを商品化すること、あるいは、外の空気を取り込み、「部屋」を「ゼリー」の如き西洋風な商品を入れる容器のようなものに変貌させることが問題であった。その場合、「窓」は「ショーウヰンドウ」の如く「部屋」の中に取り込んだ空気を商品化する一種魔術的な力を持っていたと言えよう。『雨になる朝』では、窓にはこのような力はなく、また、窓の内や外に詩の力によって何を作るかが問題となっているのではなく、あくまで窓の外に何があるかが問題となっている。

窓をあければ何があるのであらう

くもりガラスに夕やけが映つてゐる

（「恋愛後記」）

「くもりガラス」の向こうにあるはずの「夕やけ」が問題になっていた「恋愛後記」と同様に、「窓ガラスを透して空が光る」という「初冬の日」冒頭の詩行に於いては、「窓ガラス」の向こうにあるはずの「空」が問題になっている。しかし、「初冬の日」で重要なのは、この詩にあっては、「窓」が「開け」られるということだ。

窓ガラスを透して空が光る

何処からか風の吹く日である

窓を開けると子供の泣声が聞えてくる

人通りのない露路に電柱が立つてゐる

「窓を開け」た結果、「子供の泣声が聞えてくる」ということがあり、「人通りのない露路に電柱が立つてゐる」という光景が露わになる。

この露わになった光景の記述を単なる日常的風景の描写と考えるだけでは不十分である。ここにまで至る亀之助の詩的歩みの文脈を念頭に置いてこれらの詩行を読まねばならない。『色ガラスの街』のメルヘン的詩の作るエレメント的な世界に於いては、詩の産出の場である日本家屋内部の部屋は穴、欠落、欠如、「現実的なるもの」としてしか存在しなかった。「窓ガラス」の向こうの風景の存在が問われる『雨になる朝』の「恋愛後記」や「初冬の日」とは逆に、『色ガラスの街』の「風」という詩では、「部屋」は「ガラス」の向こうにあるものとして、いわば詩的表象の失敗としてメルヘン的な世界に記入されていた（「そして　風は／私の書斎の窓をたたいて笑つたりするのです」）。また、未来派的詩の場合は、「部屋」は消費の欲望を起こさせる商品を入れる容器としてしか存在していなかった。そして、メルヘン的詩や未来派的詩によって言語化・象徴化・西洋化し切れなかったものが日記的・覚え書き的断片によるごくありふれたささいな現実・事物といった形で、あるいは、不気味なもの、日本家屋の部屋に関わるもの、詩人の姿、顔、隣人、螻蛄、という形で、回帰して来る。『雨になる朝』でも同様に、日記的・覚え書き的記述によって、詩の産出の場である日本家屋の部屋が言語化された。しかし、夢の力によって、部屋の外にある事物の秩序を乱しそのことによってかけ離れた事物の接近を目指す「超現実主義的」詩の場合、今度は部屋の外に無限の「夜」以外何もなくなってしまう危険が生じて来る。したがって、問題は、「ガラス」の向こうの詩の産出の場としての「部屋」がどのようになっているのかではなくて、詩の産出の場である「部屋」と外部を隔てる「ガラス窓」の向こうに現実の事物があるのかどうかということになって来る。

そのように考えると、「初冬の日」最後の行の「人通りのない露路に電柱が立つてゐる」という光景は、まさに「超現実主義的」詩による外部の瓦解の危機を回避すべく回帰したごく些細な身近で日常的な日本的現実の断片であると言うことができよう。「窓を開ける」とは、「眼がさめる」こと、メルヘン的・未来派的・「超現実主義的」詩という夢から覚めるということでもあるだろう。『雨になる朝』の「序」とされている「二月」という詩をみてみよう。


子供が泣いてゐると思つたのが、眼がさめると鶏の声なのであつた。

とうに朝は過ぎて、しんとした太陽が青い空に出てゐた。少しばかりの風に檜葉がゆれてゐた。大きな猫が屋根のひさしを通つて行つた。

二度目に猫が通るとき私は寝ころんでゐた。

空気銃を持つた大人が垣のそとへ来て雀をうつたがあたらなかつた。

穴のあいた靴下をはいて、旗を持つて子供が外から帰つて来た。そして、部屋の中が暗いので私の顔を冷めたい手でなでた。


最初の行にあるように、「子供が泣いてゐる」という夢に取って代わるのが「鶏の声」という現実の断片なのである。そして、この詩にはもはやメルヘン的・未来派的・「超現実主義的」詩の影も認められない。そのような前衛的な詩という観点から言えば、詩とは認められないような日記的・覚え書き断片によって記述されたそれ自体ほとんど何ものも意味しないような些細な事物や事象の断片からこの詩の風景は成っている。これら事物・事象群は、メルヘン的詩の実現する穴や欠落だらけのエレメント的風景、ごく一部の事物のみを消費の欲望を喚起する生産物・商品と化する未来派的「アナロジイ」による風景、そしてとりわけ二つの現実を接近させるために外部世界を「夜」のうちに崩壊させる危険を冒す「超現実主義的」詩による風景の全面的欠如を塞ぐべく、恐らく一旦は詩的でないとして抑圧されたものの再び呼び出され回帰した現実の断片群と考えてよいだろう。例えば、「大きな猫が屋根のひさしを通つて行つた」、「二度目に猫が通るとき私は寝ころんでゐた」、「空気銃を持つた大人が垣のそとへ来て雀をうつたがあたらなかつた」というような、メルヘン的・未来派的・「超現実主義的」詩の観点からすれば、とても詩とは呼べないような事実を記した文が、ここには詩行として入って来ている。

「序」とされているもう一つの詩、「冬日」には、目覚めの記述すらなく、詩行すべてが「超現実主義的」詩による風景の全面的瓦解を妨げるべく回帰して来た非詩的な事実を記述する文から成っている。

久しぶりで髪をつんだ。昼の空は晴れて青かつた。
炭屋が炭をもつて来た。雀が鳴いてゐた。便通がありそうになつた。
暗くなりかけて電燈が何処からか部屋に来てついた。
宵の中からさかんに鶏が啼いてゐる。足が冷めたい。風は夜になつて消えてしまつた、
箪笥の上に置時計がのつてゐる。障子に穴があいてゐる。火鉢に炭をついで、その前に
私は坐つてゐる。

千九百二十九年三月記

この「冬日」という詩には、メルヘン的・未来派的・「超現実主義的」詩には表象・言語化不可能であったものすべてが書かれている。メルヘン的詩にとっての盲点であった詩の産出の場としての「部屋」とそこにいる詩人の姿は、この上ない程明確に書かれている（「箪笥の上に置時計がのつてゐる。障子に穴があいてゐる。火鉢に炭をついで、その前に私は坐つてゐる」）。「便通がありそうになつた」というまさに取るに足らない、詩にはなり得ないような事実までが、西洋的前衛詩による抑圧を経て、詩行として回帰している。また、メルヘン的・未来派的・「超現実主義的」詩にとって言語化不可能であった細部に満ちた風景がここには書き込まれている。

『雨になる朝』冒頭の「序」を構成する二篇の詩に特徴的なのは、「部屋」の外と内とが

交流可能なものとして現われていることである。『色ガラスの街』の「風」という詩の「そして　風は／私の書斎の窓をたたいて笑つたりするのです」という詩行では、「風」の触れることのできるのは「窓」だけであったが、「二月」では、「外から帰つて来た」「子供」は、「私の顔を冷めたい手でなで」る、つまり、直接「私」に触れることができる。「冬日」に於いて注目すべきなのは、「部屋」と外とを隔てるのがもはや「窓ガラス」ではなく、「障子」であり、しかも穴の開いた「障子」であることだ。この内と外との交流可能性、あるいは交換可能性ということが、次の『障子のある家』の大きな特徴となって来る。

『雨になる朝』という詩集の大きな達成は、「窓を開ける」ことが問題になっていた「初冬の日」と詩集冒頭の「序」の詩二篇にあると言っていいだろう。つまり、例外的な場合を除いて「ハイカラなパラソル」の如き「超現実的」短詩を実現できることはなくむしろ「部屋」の外の世界を「無限者」（ヘーゲル）としての「夜」の中に崩壊させてしまうという「超現実的」詩の孕む危険・困難が、「窓を開ける」ことによって、あるいは目覚めることによって細部に満ちた風景との不意の出会いが果たされるという奇跡にも似た達成によって乗り越えられるのである。

「坐つて見てゐる」と題された詩に書かれた風景もまたこのような困難の乗り越えの結果

可能になったものであり、この詩は、ただ単に周囲の風物を書き写したというだけのものではない。

青い空に白い雲が浮いてゐる
蟬が啼いてゐる

風が吹いてゐない

湯屋の屋根と煙突と蝶
葉のうすれた梅の木

あかくなつた畳
昼飯の佗しい匂ひ

豆腐屋を呼びとめたのはどこの家か
豆腐屋のラッパは黄色いか

　ここでは、メルヘン的詩によって言語化できなかった詩の産出の場としての「部屋」の内部とそこにいる詩人の位置が「坐つて見てゐる」という題名によって、はっきりと示されている。また、「部屋」の外部の風景についても、メルヘン的・未来派的・「超現実主義的」詩によって捨象されてしまった細部が回帰している。この詩は、その意味で、メルヘン的・未来派的・「超現実主義的」詩によって、詩ではないとして排除された事物・事象の単なる羅列のみから構成されていると言ってよいであろう。

　それでは、メルヘン的・未来派的・「超現実主義」的詩によって排除・抑圧・忘却された風景の細部が回帰するとはどういうことなのであろうか？　その仔細について語ることが、一旦は排除された非詩的なものが回帰するさまを記述することが、そしてこの非詩的なものがどのようなものであるのかを明確に言語化することが、昭和五年の詩集『障子のある家』の亀之助にとっての詩となるだろう。

2「ありふれたこと」の回帰

余りにも当たり前で取るに足らないものであり、メルヘン的・未来派的・「超現実主義的」詩によって非詩的なものとして排除された日常の細部が回帰するさまを、昭和四年に発表された「彼、彼と私と其の他の人」という亀之助のテクストは、克明に跡付けている。

> 私は世事にうとい（けんそんでなくもある）。又、「自分のこれからに就いても何もわかつてはゐないのだから、自分以外の人事にはなほのことわからない——」といふことでもある。雨が降つてゐれば雨が降つてゐると思ひ、暗くなつてしまへば夜になつたのだと思ふ、他はこんなに暗いのに電燈が遅いとか、路が悪いだらうとかその位のことしか私は考へてはゐない。それにこの頃は寝床なども敷いたまゝ、勿論部屋の掃除もしないし、めつたなことに顔も洗はない。（そんなことが自分が今何を書いていゝのかわからないのとどうなのかわからないのだが）鉛筆ならナメて考へこむところなのだと思つたり、煙草の火の消えてゐるのに気づいたり、雨（丁度降つてゐる）が……と思つてみたり、——。三十日までにといふのを忘れてゐてその後二度も注意されて、又それを忘れてゐたのをもう一度注意をされて今度こそはと思つてペンを握つたまでは兎に角まがり

なりにもはつきりしてゐるのだが、だが何を書……といふことになると、又、煙草の火の消えてゐるのに気づいたり雨がと思つたりをくりかへさなければならない。

（「彼、彼と私と其の他の人」部分）

亀之助はここで、「雨が降つてゐれば雨が降つてゐると思ひ、暗くなつてしまへば夜になつたのだと思ふ、他はこんなに暗いのに電燈が遅いとか、路が悪いだらうとかその位のことしか私は考へてはゐない。」と言ってから、「（そんなことが自分が今何を書いていゝのかわからないのとどうなのかわからないのだが）」と書く。つまり、例えば、「雨が降つてゐれば雨が降つてゐると思ひ、暗くなつてしまへば夜になつたのだと思ふ」ことと書くこと、「今何を書いていゝのかわからない」こととの関係が、この文では問題になっている。

それでは、例えば、「雨が降つてゐる」と思うことと書くこと、あるいは書けないこととはどのような関係にあるのだろうか？

この文章で問題になっているのは、「今何を書いていゝのかわからない」ということに加えて、書こうと思うたびに書くことを忘れてしまうということではないだろうか。「三十日までにといふのを忘れてゐてその後二度も注意されて、又それを忘れてゐたのをもう一度注意をされて今度こそはと思つてペンを握つたまでは兎に角まがりなりにもはつきりしてゐるのだが、だが何を書……といふことになると、又、煙草の火の消えてゐるのに気づいたり雨がと思つたりをくりかへさなければならない。」。ここに「忘れる」という語が二度までも出て来ることに注意しなければならない。そして、「忘れる」ということは、どうやら、書こうとするたびに（「何を書……といふことになると」）、例えば、「雨が降つてゐる」という非詩的なものであるとして抑圧・排除・忘却された事象が回帰して来ることを意味しているようである。つまり、逆説的な言い方をすれば、「忘れる」とは忘却された事象が帰って来ることであると言ってもよい。しかも、「雨が降つてゐる」と思うことは、ここでは、書くことですらない。

ここで注意しなくてはならないのは、『雨になる朝』の「序」をなす「二月」、「冬日」、そして、「坐つて見てゐる」のような詩はまさに、「雨が降つてゐる」、「夜になつた」、「こんなに暗いのに電燈が遅い」、「煙草の火の消えてゐる」というような余りにも明白でありふれているため非詩的なものとして抑圧されていた事実の羅列から成っているということである。したがって、「彼、彼と私と其の他の人」というテクストの引用部分は、『雨になる朝』の三つの詩の産出を決定した抑圧されたものの回帰のメカニスムを説明していると考えられるのではないだろうか。

「雨が降つてゐる」、「夜になつた」等々の事象は、詩的ではないもの、書くことの対象ですらないようなものであると考えられていることを強調したい。つまり、もはや詩は書かれない。少なくとも、メルヘン的・未来派的・「超現実主義的」な詩は書かれ得ない。「今何を書いてい、のかわからない」とは、そのようなことを意味しているのではないか。

実際、『障子のある家』の「年越酒」という散文詩には、「だんだんには詩を書かうとは思へなくなつた」と書かれている。

俺が詩人だといふことも、他には何の役にもたゝぬ人間の屑だといふ意味を充分にふくんでゐるのだが、しかも不幸なまはり合せにはくだらぬ詩ばかりを書いてゐるので、だんだんには詩を書かうとは思へなくなつた。「ツェッペリン」が飛んで来たといふことでのわけのわからぬいさましさも、「戦争」とかいふ映画的な奇蹟も、片足が途中で昇天したとかいふ「すばらしい散歩」——などの、そんなことさへも困つたことには俺の中には見あたらぬ。

（「年越酒」部分）

「「ツェッペリン」が飛んで来たといふことでのわけのわからぬいさましさ」や「「戦争」とかいふ映画的な奇蹟」とあるのは、明らかにマリネッティの「未来派宣言」の戦争賛美を念頭に置いているに違いない(「僕らは戦争――世界の唯一の衛生學――軍國主義、愛國主義、無政府主義者の破壊行動、殺戮の麗はしい思想及び女性軽蔑を讃美せんと欲する者である」、「未来主義とは何ぞ」部分、中山甕一訳、「新潮」、大正十一年)。また、「片足が途中で昇天したとかいふ「すばらしい散歩」」という表現には、「超現実主義」的ニュアンスがあると見ていいだろう。つまり、この時期の亀之助にとって、「詩」とは、未来派的あるいは「超現実主義」的前衛詩を意味すると考えていいだろう。そして、そのような「詩を書かうとは思へなくなつた」ということをこのテクストは明かしている。そのような詩でないもの、つまり、亀之助がこの「年越酒」というテクストで今書いているものは「詩」ではないし、あるいは、せいぜい「くだらぬ詩」でしかない、ということになる。

「年越酒」の続く一節も引用してみよう。

今日は今年の十二月の末だ。俺は三十一といふ年になるのだ。人間といふものが惰性に存在してゐることを案外つまらぬことに考へてゐるのだ。そして、林檎だとか手だとか骨だとかを眼でないところとかでみつめることのためや、月や花の中に恋しい人などを見出し得るといふ手腕でや、飯が思ふやうに口に入らぬといふ条件つきなどで今日「詩人」といふものがあることよりも、いつそのこと太古に「詩人」といふものがゐたなどと伝説めいたことになつてゐる方がどんなにいゝではないかと、俺は思ふのだ。しかし、それも所詮かなはぬことであるなれば、せめて「詩人」とは書く人ではなくそれを読む人を言ふといふことになつてはみぬか。

「林檎だとか手だとか骨だとかを眼でないところとかでみつめること」という行為は、とりわけ「眼でないところとかでみつめる」という点で、メルヘン的詩の夢想を思わせぬでもない。また、「月や花の中に恋しい人などを見出し得るといふ手腕」は、『色ガラスの街』所収の「毎夜月が出た」という連作詩にその例があるような未来派以前の（マリネッティの「未来主義とは何ぞ」に「僕等は象徴派の諸家を、月の最後の戀人達を否定する」という一章があるように、「月の光から流れ出て女性美の方へ昇つて行く所のロマンテイックなサンチマンタリスム」は未来派詩人の否定の対象となっていた）メルヘン的夢想に対応するものであると考えることが出来よう。「詩人」をそのようなメルヘン的詩を書く能力によって定義付けた上で、あるいは吉田美和子が「プロレタリア詩派への批評」（『単独者のあくび　尾形亀之助』、二八九頁）として指摘するように、「飯が思ふやうに口に入らぬといふ条件」によって「詩人」を定義付けた上で、この一節は、「今日「詩人」といふものがあることよりも」「太古に」それがあったか、詩を「読む人」としてあればいいと言っている。つまり、メルヘン的詩を書く人という意味での、あるいはプロレタリア詩を書く人という意味での詩人はいなければいいと言っているに等しい。

要するに、「年越酒」の引用部分は、メルヘン的・未来派的・「超現実主義的」という意味での詩（そして恐らく亀之助は、そのようなものこそ詩であると考えている）を自分はもはや書こうと思わないということを言明し、そのような詩を書く人間としての詩人というものに対して否定的になっている。

このように、「年越酒」という散文詩を読んでみると、「彼、彼と私と其の他の人」というテクストに書かれていた「今何を書いてゐ丶のかわからない」ということ、書こうとするたびに書くことを忘れてしまうということが、メルヘン的・未来派的・「超現実主義的」詩を書こうとするたびに詩を書くことを忘れ、例えば「雨が降つてゐる」、「夜になつた」、「こんなに暗いのに電燈が遅い」、「煙草の火の消えてゐる」というような詩ではないものとして排除・抑圧・忘却されていた事象群が回帰して来ることであると解釈できることがわかる。「だんだんには詩を書かうとは思へなくなつた」、「くだらぬ詩ばかりを書いてゐる」とはそのようなことだ。

それでは、「年越酒」も含めた『障子のある家』所収の、「詩」ではない、あるいはせいぜい「くだらぬ詩」に過ぎない散文群を亀之助はなぜ書くのか。また、そこには何が書かれているのか。

一言で言えば、メルヘン的・未来派的・「超現実主義的」詩の忘却と共に一旦は排除・抑圧・忘却された非詩的なものが回帰して来るさま、そのメカニスムを跡付けることが『障子のある家』での新たな詩となると要約することができよう。

実際、『雨になる朝』に於いてと同様、『障子のある家』に於いても、余りにも明白で通常は意識されることもないような日常的事象の記述が見られる。


昼頃寝床を出ると、空のいつものところに太陽が出てゐた。

（…）

障子に陽ざしが斜になる頃は、この家では便所が一番に明るい。　（「三月の日」部分）

一旦は非詩的なものとして忘却されていた日常的事象が単に回帰していただけの『雨になる朝』とは異なり、『障子のある家』にあっては、回帰して来た事象群、例えば「住んでゐる家に屋根のあること」や「冬を寒いなどといふこと」といった事象群に詩人が反省的眼差しを向け、それらを「ありふれたこと」あるいは「きまりきつてゐる」こととして位置付けることが起こっている。

庭には二三本の立樹がありそれに雀が来てとまつてゐても、住んでゐる家に屋根のあることも、そんなことは誰れにしてもありふれたことだ。冬を寒いなどといふことは如何にもそれだけはきまりきつてゐる。

（「年越酒」部分）

『障子のある家』という詩集は、メルヘン的・未来派的・「超現実主義的」詩によって一旦は抑圧・忘却された非詩的なもの・ごく日常的なものの回帰のメカニズムを「ありふれたこと」、「きまりきつてゐる」ことの気付き・再発見として定着していると言えよう。「ありふれたこと」あるいは「きまりきつてゐる」こと自体を書くことではなく、それらに気付くこと、それらを再発見することを書くことが『障子のある家』での亀之助の詩となって来る。

鳴いてゐるのは雞だし、吹いてゐるのは風なのだ。

（「五月」部分）

亀之助は「学識」という詩で、この気付き・再発見を「気がつく」あるいは「考へつく」という語で表現している。例えば、「雨の中でぬれてゐた自分の形がもう庭にはなく、自分と一緒に縁側からあがつて部屋の中まで来てゐる」というような余りにも自明であり日常的な配慮に属することであるために前衛的な詩の題材とならないのみならず意識にも上らないような事実に「気がつく」という風に。

私はいくぶん悲しい気持になつて、わざわざ庭へ出てぬれた自分を考へた。そして、雨の中でぬれてゐた自分の形がもう庭にはなく、自分と一緒に縁側からあがつて部屋の中まで来てゐるのに気がつくと、私は妙にいそがしい気持になつて着物をぬいでふんどし一本の裸になつた。

（「学識」部分）

あるいは、「雨は水なのだといふこと、雨が降れば家が傘になつてゐるやうなものだといふこと」という「きまりきつたこと」に「考へつ」くという具合に。

私はあまり口数をきかずに二日も三日も降りつゞく雨を見て考へこんだ。そして、雨は水なのだといふこと、雨が降れば家が傘になつてゐるやうなものだといふことに考へついた。

しかし、あまりきまりきつたことなので、私はそれで十分な満足はしなかつた。

（同前）

つまり、「学識」のこれらの詩行に於いては、「きまりきつたこと」、「ありふれたこと」に「気がつく」、「考へつく」という形で、メルヘン的・未来派的・「超現実主義的」詩によって抑圧された非詩的なものの回帰が表象されている。

それでは、抑圧されてから回帰して来た「きまりきつたこと」、「ありふれたこと」とは、より具体的には、何なのだろうか？　この点を考えるためには、同時代のハイデガーの思考を参照しなくてはならない。

3　ハイデガー的指し向け構造とその壊乱

昭和四年、つまり一九二九年に出版された『障子のある家』に現われる「きまりきつたこと」、「ありふれたこと」の気付き・再発見という仕草には、ハイデガーが一九二七年、つまりこの詩集の二年前に出版された『有と時』で分析した「配慮」を思わせるものがある。ハイデガーの影響を尾形亀之助の詩集に見ることは無理にしても、そこに何らかの並行関係があったと考えることは興味深い。

前衛的詩によっては抑圧・排除されていた、詩人のいる部屋そしてそこで知覚される諸事象から成る生活空間が回帰して来るとは、ハイデガー流に言い直せば、「「その内に」現有が有るものとしてその都度既に有ったところの或るもの」に向かって「現有」が「帰来」するということになろうか（『有と時』、『ハイデッガー全集』第二巻所収、創文社、一二〇頁）。

「配慮する」とは、ハイデガーによれば、「或るものと関わり合う、或るものを製作する、或るものを整えたり養ったりする、或るものを使用する、或るものを放棄したり喪失したりする、企てる、貫徹する、尋ねる、問い掛ける、考察する、論議する、規定する……等々である」（八九頁）。そのように考えてみると、「障子の穴などをつくろつて、火鉢の炭団をつゝいて坐つてゐた」（「印」）、「鋏で髯を一本づゝつむことや、火鉢の中を二時間もかゝつて一つ一つごみを拾ひ取つてゐる」（「秋冷」）、などという動作は、単に回帰して来た「きまりきつたこと」、「ありふれたこと」であるのみならず、少なくとも「或るものを整えたり養ったりする、或るものを使用する」という意味で、ハイデガー的な「配慮」であると言えるだろう。また、「家」という詩の次の詩行にも同様なことが言える。

毎月の家賃を払ふといふので、貸してもらつてゐる家を自分の家ときめてゐる心安さは、便所はどこかと聞かずにもすみ、壁にかゝつてゐるしわくちやの洋服や帽子が自分の背丈や顔のインチに合ひずぼんの膝のおでんのしみもたいして苦にはならぬが、二人の食事に二人前の箸茶碗だけしかをそろへず、箸をとつては尚のこと自分のことだけに終始して胃の腑に食物をつめ込むことを、私は何か後めたいことに感じながらゐるのだ。

（「家」部分）

この詩行に於いては、例えば、「壁にかゝつてゐるしわくちやの洋服や帽子」は、単に「ありふれた」ものとしての「洋服」や「帽子」それ自体が書かれているのではなく、「洋服」も「帽子」もハイデガーの言う「道具」として書かれている。ハイデガーによれば、「道具は本質上、「…するための或るもの」である。「する-ため」ということのさまざまな有り方とは、例えば、有用性とか寄与性とか使用可能性とか便利性というような有り方であるが、それらのさまざまな「する-ため」の有り方が、或る一つの道具立て全体の全体性を構成している。「する-ため」という構造の内には、或るものを或るものへ指し向けるということが、存している」（『有と時』、一〇八頁）。したがって、「家」という詩にあって、「洋服」や「帽子」は、単なる物として考えられているのではなく、「自分の背丈や顔のインチに合ひ」とあるように、「着るため」、「被るため」ということへの「指し向け」として、「「するーため」という」「構造」として考えられている。『障子のある家』の尾形亀之助は、『雨になる朝』に於いてとは異なり、メルヘン的・未来派的・「超現実主義的」詩によって抑圧された「ありふれた」ものの単なる回帰を書くのではなく、ハイデガーの言う「指し向けの全体性」、「［…］それの使用とその使用の内で発見される有るものの指し向け聯関」（同一一〇頁）、「指し向けという構造」（同一三一頁）を書いている。「箸茶碗」についても同様である。「箸茶碗」はそれ自体としてではなく、「胃の腑に食物をつめ込むこと」へ「指し向けられて有る」（同一三一頁）ものとして書かれている。

亀之助は、「家」の中、「部屋」の中にある「洋服」、「帽子」、「箸茶碗」など日常の用に供するもの、「手許に有るもの」を書きながら、ハイデガーが次のように分析する「指し向けという構造」、あるいは「趨向」を書いている。

手許に有るものの有は、指し向けという構造をもっている——ということは、すなわち、手許に有るものの有がそれ自身に於て、指し向けられてあるという性格をもっている、ということである。有るものは、それがそれで有るところの有るものとして、或るものへ指し向けられて有るということ、このことへ向って、有るものは発見されている。

有るものに関してはその趨向が或るもののもとにある。手許に有るものの有・の・性格は、趨向である。趨向の内には、或るものに関してはそのものを或るもののもとに趨向せしめるということが、存している。「……に関してはそれを……のもとに」という関聯は、指し向けという術語に依って告示せんとしていることである。（同一三一頁）

「自分が三十一になるといふこと」について語った後に「一ケ年」という時間について書く「詩人の骨」という詩の次の詩行もまた、一年という時間を単に時間として独立に考えることなく、日めくりの「カレンダー」との関わりで考察しているという点で、「カレンダー」が一年という時間に「指し向けられてある」という「指し向けという構造」、あるいは「趨向」について書いていると言えそうだ。

［…］又、今年と去年との間が丁度一ケ年あつたなどいふことも、私にはどうでもよいことがらなのだから少しも不思議とは思はない。几帳面な隣家のおばさんが毎日一枚づつ丁寧にカレンダーをへいで、間違へずに残らずむしり取つた日を祝つてその日を大晦日と称び、新らしく柱にかけかへられたカレンダーは落丁に十分の注意をもつて綴られたゝめ、又何年の一月一日とめでたくも始まつてゐるのだと覚えこんでゐたつていゝの

だ。

（「詩人の骨」部分）

「障子」、「鋏」、「火鉢」、「洋服」、「帽子」、「箸茶碗」、「カレンダー」などの道具、「手許に有るもの」は、『有と時』のハイデガー的発想に従えば、「住むための道具としての部屋」に所属したものであることになる。

道具はその道具性に対応して常に、他の道具への所属性にもとづいて有る、筆記具、ペン、インキ、紙、下敷、机、ランプ、家具、窓、扉、部屋。これらの「物」は、差当って先ず各々それだけでそれら自身を示し次に実在的なものの総和として部屋を充たす、のでは決してない。最も身近に出会われるものは、主題的に把捉されたものではないとはいえ、部屋であり、然も更に幾何学的空間という意味に於ける「四つの壁の間」としての部屋ではなく――住むための道具としての部屋である。部屋からして「調度」がそれ自身を示し出してくるのであり、その調度のなかで各々の「個別的」な道具が、それ自身を示し出してくるのである。各々の「個別的」な道具に先立って、その都度既に或る一つの道具立て全体の全体性が、発見されているのである。

（一〇八～一〇九頁）

『色ガラスの街』に於いて、朔太郎の「青猫」風メルヘン的言語によっては詩の産出の場である日本家屋の「部屋」を書くことは出来ない、「部屋」はメルヘン的言語の「袋小路」あるいは書き損じとしてしか現われ得ない、という確認から我々は出発した。『色ガラスの街』にあっては、亀之助は、手紙的な文、日記的覚え書き、そして未来派的「アナロジイ」などを用いて、「部屋」の言語化を果たすことが出来た。『雨になる朝』に於いては、「部屋」はもっぱら「電燈をつけ」、外的事物の秩序の壊乱を目指す「夢」の織り上げられる場として現われた。『障子のある家』に至って、「部屋」は、「障子」、「鋏」、「火鉢」、「洋服」、「帽子」、「箸茶碗」、「カレンダー」など諸々の道具を通して出会われる「住むための道具としての部屋」、「一つの道具立て全体の全体性」として現われた。『障子のある家』に至って初めて、「部屋」は、詩を書くこととは殆ど関係のない生存を維持するための道具として、亀之助と奇妙な同時代性を示す『有と時』のハイデガー風に言えば、「現有つまり彼にとっては彼の有に於て本質上この有それ自身が肝心であるところの現有、そういう現有の有」のための、あるいは「本来的にして唯一的なそのもの‐ためとしての現有それ自身の有」（同一三二頁）のための道具として現われたのである。「だんだんには詩を書かうとは思へなくなつた」（「年越酒」）という亀之助の言葉は、「部屋」が詩を書く場として現われなくなったという『障子のある家』の特徴に呼応するものであると言えるだろう。
「部屋」が詩を書く場でなく、「現有」の「有」の維持の場となって来るにつれ、「部屋」よりもむしろとりわけ雨露をしのぐ道具としての「家」が重要となって来る。
ハイデガーは『有と時』で、道具の使用の内で発見される「廻りの世界の自然」について次のように書いている。

諸々の道だとか街路だとか橋だとか建物などに於ては、配慮を通して自然が一定の方向に向って発見されている。屋根のあるプラットフォームは、悪天候に考慮を払っており、諸々の公共的な照明設備は、夜の暗がりに、すなわち昼間の明るさの出没という種別的に特有な交替に、つまり「太陽の位置」に、考慮を払っている。　（一一二頁）

昭和四年に発表され、「今何を書いてい、のかわからない」という状態について書かれた「彼、彼と私と其の他の人」というテクストの一部を再び引用してみよう。

雨が降つてゐれば雨が降つてゐると思ひ、暗くなつてしまへば夜になつたのだと思ふ、他はこんなに暗いのに電燈が遅いとか、路が悪いだらうとかその位のことしか私は考へてはゐない。

この詩行では、まさにハイデガーの言う「諸々の公共的な照明設備は、夜の暗がりに、すなわち昼間の明るさの出没という種別的に特有な交替に、つまり「太陽の位置」に、考慮を払っている」ということが書かれている。「夜」が「電燈が遅い」ということとの関わりで、指し向けの構造のうちで思考されている。また、「雨が降つてゐる」ということも「路が悪い」ということとの関わりで、つまり通行・交通を可能にする道具としての「路」の機能との関わりで考えられている。『色ガラスの街』について論じた際に商品化する詩との関わりで考察された亀之助の気象学の『障子のある家』に於ける一帰結がここにあると言ってもよいだろう。

また、「今何を書いてい、のかわからない」ということが主題になっている「彼、彼と私と其の他の人」というテクストにあっては、詩人が、詩を書くことの代わりに、「指し向けという構造」あるいは「趨向の構造」（同一三二頁）のうちにありつつそれを思うことのみに耽っていることがわかる。

［…］（そんなことが自分が今何を書いてい、のかわからないのとどうなのかわからな

いのだが）鉛筆ならナメて考へこむところなのだと思つたり、煙草の火の消えてゐるのに気づいたり、雨（丁度降つてゐる）が……と思つてみたり、――。三十日までにといふのを忘れてゐてその後二度も注意されて、又それを忘れてゐたのをもう一度注意をされて今度こそはと思つてペンを握つたままでは兎に角まがりなりにもはつきりしてゐるのだが、だが何を書……といふことになると、又、煙草の火の消えてゐるのに気づいたり雨がと思つたりをくりかへさなければならない。

メルヘン的・未来派的・「超現実主義的」詩によって非詩的なものであるとして抑圧されたものの回帰という視点から既に分析した一節である。西洋的・前衛的詩によって抑圧されていたものが指し向けの構造であることが、今になればわかると思う。「だが何を書……といふことになると、又、煙草の火の消えてゐるのに気づいたり雨がと思つたりをくりかへさなければならない」。とりわけこの一文からはっきりわかるのは、「私」が書こうとするたびに書くことを忘れ、その代わりに、例えば「煙草の火の消えてゐるのに気づ」くということが起こり、「煙草の火」をつけるという「配慮」の必要が生じて、自分が指し向け構造の中に捉われていることに気付くということである。

ハイデガーは、「屋根のあるプラットフォームは、悪天候に考慮を払っており」と書いた。家についても、ハイデガーは、「風雨に対する防護」ということを言っている。

> 例えば、吾々が鉄槌と名づけているこの手許に有るものに関しては、槌打つことのもとにその趨向があり、槌打つことに関しては、固定することのもとにその趨向があり、固定することに関しては、風雨に対する防護ということのもとにその趨向がある。風雨に対する防護は、現有がその下に庇われて住むことの－ために、すなわち彼の有の或る可能性の－ために「有る」。
>
> （同一三一頁）

「印」という詩に「障子の穴などをつくろつて、」とあったが、ハイデガーの文章の「固定すること」の代わりに「障子の穴などをつくろうこと」を入れることも出来るだろう。「印」の「私」は、詩を書く代わりに、「障子の穴などをつくろ」い、そのことによって「風雨に対する防護」を考え、「その下に庇われて住むこと」をもっぱら考えている。そして、そのような「私」を詩に書いたものを集めたのが、『障子のある家』という詩集であると言えよう。つまり、まさに「学識」という詩にあったように、「雨が降れば家が傘になつてゐるやうなもの」なのであり、「家」はもっぱら雨を防ぐ道具であり、「家」が重要なのは、その下で「私」が雨に濡れずに住むためなのだ。このように、「家」もまた「指し向けという構造」として考えられている。「学識」は、「「裸なら着物はぬれない――」といふ結論」について書いており、まさに「雨に濡れない」ことを巡る詩となっている。

しかし、『障子のある家』の亀之助にとって、「家」に「庇われて住むこと」が本当に重要だったのだろうか？ ハイデガーは、「配慮がその都度既に、配慮としてそれが有るように有るのは、世界と慣れ親しんでいるということを根底としている」（同一二〇頁）と書いたが、亀之助にとって、「世界と慣れ親しんでいること」のみが重要だったのか？ 例えば、ハイデガーによれば、「理解は、慣れ親しんだ仕方でそれ自身をその内に‐保持するという仕方で、これらの諸関聯を、理解に属する指し向けることがその内に動いている処として、それ自身の前に保持している」（同一三六頁）。「理解」についてのハイデガーのこの記述は、既に引用した「障子の穴などをつくろつて、火鉢の炭団をつゝいて坐つてゐた」（「印」）、「鋏で髯を一本づゝつむことや、火鉢の中を二時間もかゝつて一つ一つごみを拾ひ取つてゐる」（「秋冷」）などという文や「彼、彼と私と其の他の人」の「雨が降つてゐれば雨が降つてゐると思ひ、暗くなつてしまへば夜になつたのだと思ふ、他はこんなに暗いのに電燈が遅いとか、路が悪いだらうとかその位のことしか私は考へてはゐない」という文についての見事な説明となってはいよう。だが、『障子のある家』に収められた散文詩群は、「指し向けという構造」、「諸関聯」のうちに位置しつつそれらを

「理解」する実践の記述――ハイデガーの『有と時』との同時代的並行関係によって特徴付けられるそのような詩はそれ自体既に当然それまで日本で書かれたことのない新しい詩であるということになろうが――ということに尽きるのであろうか？

この点をはっきりさせるためには、「学識」や「家」のような詩をもう一度よく読んでみる必要がある。

まず、「学識」を今度は全文引用してみよう。

自分の眼の前で雨が降つてゐることも、雨の中に立ちはだかつて草箒をふり廻して、たしかに降つてゐることをたしかめてゐるうちにずぶぬれになつてしまふことも、降つてゐる雨には何のかゝはりもないことだ。

私はいくぶん悲しい気持になつて、わざわざ庭へ出てぬれた自分を考へた。そして、雨の中でぬれてゐた自分の形がもう庭にはなく、自分と一緒に縁側からあがつて部屋の中まで来てゐるのに気がつくと、私は妙にいそがしい気持になつて着物をぬいでふんどし一本の裸になつた。

（何といふことだ）裸になると、うつかり私はも一度雨の中へ出てみるつもりになつてゐた。何がこれなればなのか、私は何か研究するつもりであつたらしい。だが、「裸なら着物はぬれない――」といふ結論は、誰かによつてすでに試めされてゐることだらうと思ふと、私は恥かしくなつた。

　私はあまり口数をきかずに二日も三日も降りつゞく雨を見て考へこんだ。そして、雨は水なのだといふこと、雨が降れば家が傘になつてゐるやうなものだといふことに考へついた。

　しかし、あまりきまりきつたことなので、私はそれで十分な満足はしなかつた。


　既に指摘したように、「家」は、「風雨に対する防護」のために、そして、「現有がその下に庇われて住むことの‐ために」ある。雨の中庭に出てずぶぬれになった「私」も、「わざわざ庭へ出てぬれた自分を考へた」とある以上、つまり、家にいれば濡れないのに「わざわざ庭へ出てぬれた」と思っている以上、そのことは分かっていたはずだ。だが、「「裸なら着物はぬれない――」といふ結論」に基づくふんどし一丁の裸になって雨の中へ出るという行為についてはどうだろうか？　着物を濡らさないということはすなわち着物を着ている体を濡らさないということのはずなので、つまり「着物」は「体」のいわばメトニミー（換喩）であるはずなので、その行為は、「風雨に対する防護」という目的に指し向けられているという点で、とりあえずうまく機能する指し向け連関のなかにあるようでもある。しかし、裸になって雨の中に飛び出すという行為は、事実上明らかに雨に濡れるための行為となっており、雨に濡れないという目的に指し向けられている行為、つまり家の中にい続けるという行為とは、言うまでもなく動作の方向が逆である。むしろ、「着物」が「体」のメトニミーになっていることを利用し、メトニミーの文字通りの意味のみを採用し、着物を濡らさないということをそれが本来意味していた体を濡らさないと言うことから切り離して独立させてしまい、着物を濡らさないという文字通りの目的を雨の降る庭に飛び出すという逆方向の行為を正当化する口実にしてしまっている。

このような行為をどのように解釈すればいいのだろうか？　このような行為もまたハイデガーの『有と時』の「配慮」についての思考に共鳴し得る何かをもっているのであろうか？

普通であれば、着物を濡らさないということを体を濡らさないということのメトニミーと解釈し、その目的のために傘をさしたり家に入ったりする。傘や家は、体を濡らさないということに指し向けられてある道具として指し向けの構造としてある。このような道具や指し向けの構造は、『有と時』のハイデガーによれば通常は全く目立たない「非主題的」なものに留まっている。

「廻りの世界」を日常的に配慮することに於て、手許に有る道具がそれの「それ自体－に於て－有る」という有り方に於て出会われ得るようにするためには、それらの内に見廻しが「没入している」ところの諸々の指し向けと指し向けの全体性とが、見廻しにとって非主題的に留まっておらねばならず、況んや非見廻し的な「主題的な」把捉にとっては、非主題的に留まっていなければならない。世界がそれ自身を－通告し－ないこと、そのことが、手許に有るものが、その目立たないという有り方から、現われ出て来ないことを可能にしている制約である。

（一一八～一一九頁）

ところが、非主題的であり非表明的である「諸々の指し向けと指し向けの全体性」が主題的、表明的となる場合がある。それは、「或る一つの道具が使用不可能である」場合だ。

道具として手許に有るもの、そういう有るものの有の構造は、諸々の指し向けに依って、規定されている。諸々の身近にある「物」の独特な自明的な「それ－自体に於て」は、それらの物を使用しつつもその際それらの物に表明的に注意しない配慮に於て、出会われているのであり、そういう配慮は使用不可能なものに行き当る場合があり得る。或る一つの道具が使用不可能である——このことの内には次のことが存している、すなわちそのこととは、構成的なする‐ためという指し向けが、そのする‐ためを或る一つのそのためへ指し向けることが、阻害されている、ということである。諸々の指し向けそれ自身は、考察されているのではなくして、配慮しつつそれらの指し向けに服しているということに於て「そこに」有る。併し、指し向けの阻害ということに於て――つまり……のために使用不可能ということに於て――指し向けが表明的になるのである。

（同一一七頁）

「配慮」が「使用不可能なものに行き当る」ことから生ずるこのような「指し向けの阻害」をハイデガーは、「指し向け聯関」の「途絶」という言い方で表現している。

［…］或る一つの手許に有るもの、つまりそれが日常的にそこに有ることが極めて自明的であったがために、吾々が更めて気をつけることを些かもしなかった或る一つの手許に有るもの、そういう有るものが欠けていることは、見廻しの内で発見されている諸々の指し向け聯関が、途絶することである。見廻しは、行き当るもののない空虚の内に突き入り、そして今や初めて、欠けているものが何のために且つ何と共に手許に有ったかを、見る。

（同一一八頁）

それでは、「学識」に於ける亀之助の戦略はどういったものであろうか？　言うまでもなく、「学識」という詩にあって、「家」は「使用不可能なもの」でも「欠けているもの」でもない。にもかかわらず、このテクストでは、「指し向けの阻害」、「指し向け聯関」の「途絶」と似たような効果が生じつつあるようでもある。これはどういうことであろうか。「「裸なら着物はぬれない――」といふ結論」の「着物はぬれない」というのいわば目的にあたる部分について言えば、「着物」が体を包む着物という意味ならば、つまり「体は濡れない」という意味ならば、この目的は正常に機能する「指し向け聯関」のうちにあると言ってよいだろう。亀之助の策略は、既に指摘したように、「着物」というメトニミーの文字通りの意味にのみこだわって「着物」を体を包んでいない着物自体と解釈してしまい、裸で雨の中に出るという行為を一見したところ適切なものであるように、つまり正常な「指し向け聯関」の中にあるものとして位置付けることに存する。その結果、実際に「私」が庭の中に出たのか、それともそれを思いとどまったのかはわからないが、庭に出たとして、当然のことながらずぶ濡れになったとすれば、体を濡らさないという目的も正当なものであり、またそのための庭に飛び出すという行為もメトニミーについての亀之助のトリックによって正当なものであるとすれば、雨に濡れた原因は、「風雨に対する防護」のための道具としての「家」がうまく機能しなかったためであるということに、つまり、「家」が「使用不可能」であったためであるということにはならないか？　ここに、亀之助の「「裸なら着物はぬれない――」といふ結論」の作り上げるフィクションがある。

雨に濡れないために雨の庭に飛び出すという正常な行為をしたのに雨に濡れてしまったというこのフィクションが実際に狙っているのは次のようなことだ。たとえ家が使用可能でも、家の中に入らなければ、雨の中に飛び出してしまえば、使用不可能であるのと変わらない。しかも正当な「指し向け聯関」の枠内で雨の中に飛び出せば、濡れたのは目的や行為が不適切だったのではなく、家が雨を防ぐためにうまく機能しなかった、つまり風雨を防ぐ道具として使用不可能であったということに出来るのではないか。濡れたことの責を家が使用不可能であることに帰することができるのではないか。

ここにあるのは、指し向け構造が正常に機能しているのに雨に濡れたというフィクションによって家があたかも使用不可能であるかのように見せる策略であり、雨の中に飛び出すという雨に濡れないためには明らかに不適切な行為を正常な「指し向け聯関」のうちにあるものと偽装しつつ、実際は使用可能である「家」を使用不可能であるかのように見せる策略だ。

その結果、どのようなことが起こるのか？　家が使用不可能であるために雨に濡れてしまったという故障のせいでハイデガーの言う「指し向けの阻害」、「指し向け聯関」の「途絶」が生じる。そこで、ハイデガーによれば、「指し向けの阻害ということに於て――つまり……のために使用不可能ということに於て――指し向けが表明的になるのである」。あるいは、「見廻しは、行き当るもののない空虚の内に突き入り、そして今や初めて、欠けているものが何のために且つ何と共に手許に有ったかを、見る」。

再び、亀之助の「学識」の最後の数行を読んでみよう。「私はあまり口数をきかずに二日も三日も降りつゞく雨を見て考へこんだ。そして、雨は水なのだといふこと、雨が降れば家が傘になつてゐるやうなものだといふことに考へついた。〃しかし、あまりきまりきつたことなので、私はそれで十分な満足はしなかつた。」。ここで、「二日も三日も降りつゞく雨を見て考へこんだ」「私」に「指し向けが表明的に」なったのではないか。家が「何のために且つ何と共に手許に有ったか」がはっきりしたのではないか。その結論が「雨が降れば家が傘になつてゐるやうなものだといふこと」、つまり、家は傘と同様雨を防ぐための道具であるという「学識」だろう。この「学識」が「あまりきまりきつたこと」であるのも当然だ。それは「障子の穴などをつくろ」うなどの配慮を通して「私」が常に「指し向け聯関」の中にあることの確認であるからだ。

要するに、雨の庭へ裸で飛び出すという不適切な行為の生み出す「指し向けの阻害」、

「指し向け聯関」の「途絶」に似た効果によって初めて、「雨が降れば家が傘になつてゐるやうなものだ」という「学識」が、すなわち、着物＝体を濡らさないという目的に指し向けられてある道具としての「家」とその指し向けの構造が露わになったと言える。

ここで、『障子のある家』の散文詩群について既に指摘した気付き・再発見が別の光のもとに現われて来た、その十全な射程のうちに現われて来た、と言うこともできるだろう。実際、「指し向けが表明的になる」ことから結果するこの「学識」から出発して、「手許に有るもの」を常に他のものに指し向けられたものとして見るこの詩集の散文詩が書かれ得たと考えることができるのではないか。この詩集の散文詩は、「途絶」について全く語っていない詩も含めて、すべて「指し向け聯関」のこの擬似的な「途絶」から始まると言っていいのではないか。亀之助の策略によるフィクション的な「指し向けの阻害」、「指し向け聯関」の「途絶」は、ハイデガーの思考と響き合うような指し向け構造についての散文詩の産出を昭和初期の日本で可能にしたと言えるのである。

亀之助の『色ガラスの街』以来の詩作の文脈から言えば、メルヘン的詩によっては表現できなかった「部屋」の日本的現実、「日本的なるもの」、メルヘン的・未来派的・「超現実主義的」詩によって非詩的なものとして排除された日常の卑近な細部がこの「学識」に於いて初めて、「私」がそこに組み込まれつつそれを「理解」している指し向けの構造として言語化されたと言えるだろう。

「学識」と並んで、「家」という詩でも「指し向けの阻害」、あるいは「指し向け聯関」の「途絶」に似た事態が作り出されているようである。「家」の最初の段落と最後の段落を引用してみよう。

夕暮れになつてさしかけたうす陽が消え、次第に暗くなつて、何時ものやうに西風が出ると露路に電燈がついてゐた。そして、夜になつた。私は雨戸を閉めるときから雨戸の内側にゐたのだ。外側から閉めて、何処かへ帰つて行つたのではないのだ。

（…）

夜の飯がすんで、後は寝るばかりだといふたあいなさでもないが、私は結局寝床に入いつて、夜中に二度目をさまして二度目に眠れないで煙草をのんでゐたりするのだ。ときには天井の雨漏りが寝てゐる顔にも落ちてくるのだが、朝は、誰も戸を開けに来るのではなくいつも内側から開けてゐるのだ。眼やになどをつけたとぼけた顔に火のついた煙草などをくはへて、もつともらしく内側から自分の家のふたを開けるのだ。

どちらの段落にも、雨戸を外側からではなく内側から開け閉めするということの気付き・再発見が書かれている。ここでは、雨戸を閉めることに関わる最初の段落を読んでみたい。

「家」という詩のこの最初の段落で起きていることは、「学識」で起こっていることとほぼ同様の事態であると言えるだろう。つまり、外側から雨戸を閉め別の場所に帰るという不適切な行為の提起により、雨戸を閉めるという行為を風雨から身を守るという目的からして不適切な機能不全状態にあるものとし、雨戸という「道具」を「使用不可能」であると同然なものとしてしまい、そのことによって作り出された「指し向けの阻害」、「指し向け聯関」の「途絶」と類似の状況によって、雨戸がその家に住む者を風雨から身を守るということに指し向けられてあるという指し向け構造を「表明的」にし露わにするということがここで起こっていると考えることもできるだろう。

しかし「学識」の場合と違うのは、「学識」に於いては、「着物を濡らさない」という目的が、メトニミーの文字通りの意味のみの採用というトリックによってではあったものの、「私」によってはっきりと設定されていたのに対し、「家」に於いては、「風雨から身を守る」という目的が端的に無視されてしまっているということだ。「家」という散文詩に於いて、亀之助は、「指し向けの阻害」、「指し向け聯関」の「途絶」を単に不適切な行為によって作り出すというよりは、雨戸という「道具」が何のためにあるのかという目的を端的に無視してしまい、そのことによって、雨戸を閉めるという行為のみを「指し向け聯関」・指し向け構造から切り離して独立させてしまうということに腐心しているように思われる。ここで「私」にとって重要なのは、純粋に雨戸を閉めるという行為のみであって、その行為を何のためにするかではない。だから、この詩での「私」にとっては、雨戸を内から閉めることも外から閉めることも全く同価で対等なものとしてあり、それだからこそ、雨戸を内側から閉めたということ、「雨戸を閉めるときから雨戸の内側にゐた」という本来自明であったはずのことに今更気付くのだ。つまり、雨戸を閉めることの目的を一旦忘れてみせたことによって、かえって雨戸を内側から閉めるということ、雨戸は夜の間風雨から身を守るためにあるのだということ、という余りにも自明であるために普段は全く忘れ去られていることが、すなわちハイデガーの言い方を借りれば、「非主題的に留まって」いた指し向け構造が浮き彫りになり、「表明的」になったと言えるのだ。

ここで亀之助は、単に指し向け構造を「主題的」・「表明的」にすることのみならず、雨戸を閉めるという「指し向け聯関」にきっちり組み込まれていたはずの行為をその目的から切り離して独立させてしまうことにより、また、それがある目的に指し向けられているという点でまさに指し向け構造の現われであった雨戸という「道具」を構造から引き剝がしてしまうことにより、「指し向け聯関」・指し向け構造を瓦解させ骨抜きにすることを狙っている。

「家」の最初の段落の「私」にとって、指し向け構造から切り離されて独立して考えられた雨戸と雨戸を開けるという行為のみが重要であるということは、「指し向け聯関」の中にある雨戸、つまり、家の中に住む者を風雨から保護するための「道具」としての雨戸は全く重要でないということだ。と言うか、そのような構造としての雨戸は全く消されてしまっていると言ってもいいかもしれない。そのように指し向けの構造から切り離されてしまった雨戸だからこそ、それを内側から閉めるのも外側から閉めるのも全く対等の可能性としてあり、それだからこそ、内側から閉めていたのだということに、すなわち「指し向け聯関」・指し向けの構造というものがあったことに今更気付くことになるのだ。

「不安」について語る『有と時』のハイデガーは、「世界内部的に有るものがそのものの自身に於て全く重要さを失って」いる状態を「非指示性」という言葉で呼んでいる。

> 無にして何処にも無いということに於てそれ自身を告知する全き非指示性は、世界の不在性を、意味しているのではなくして、世界内部的に有るものがそのもの自身に於て全く重要さを失っており、かくして世界内部的なもののこの非指示性を根拠にして、世界がその世界性に於て唯一的な比類無き仕方でなお押し迫って来ることを、意味してい

る。　　　　　　　　　　　　　　　　　　　　　　（二八二頁）

まず、家の中に住む者を風雨から守るという目的に指し向けられたものとしての雨戸が消し去られてあることがある。次いで、ハイデガーが「非指示性」と呼ぶこの状態を根拠として「世界がその世界性に於て」「押し迫って来る」、つまり、非主題的に留まっているべきであった指し向け構造が露出して来る。ハイデガーが「総じて手許に有るものを可能にしている可能性」、「世界それ自身」、あるいは「無」（同二八二頁）と呼んでいるものも恐らくこの指し向け構造のことであろう。

『有と時』の「現有の卓抜な開示性としての不安という根本情態性」という節に於いて、ハイデガーは、「不安が情態性の様態として初めて世界を世界として開示する」こと、「不安」が「現有」を「彼の最も自己的な仕方で世界の－内に－有ることへ個別化し」、「個別化に於てそれで有り能うところの可能的に・有ることとして開示」（二八三頁）することを指摘し、次いで、「自由」や「本来性」に言及して行く。「不安」についてのこのようなハイデガー的思考に亀之助の詩作がきっちり対応しているわけではもちろんないだろうが、ハイデガーの議論の方向に亀之助の歩みが遠くから響き合っているようなところはある。

例えば、「無気味さ」について、ハイデガーは、それが「無にして何処にも無いということ」を意味すると同時に「家に在って‐安らっている‐のでは無い、ということ」を言っていると書いている（同二八四頁）。「無気味さ」は、「家に‐安住せずという実存論的「様態」」に関わるものだ。

不安は現有を、彼が「世界」の内に頽落しつつ没入していることから、取り返すのである。日常的な慣々しい親しさは、それ自身の内で瓦解する。現有は個別化される、併し乍らそれは、世界の‐内に‐有ることとして個別化されるのである。内に‐有ることは、家に‐安住せずという実存論的「様態」に入って来る。他ならぬこのことを、「無気味さ」ということは、謂っているのである。（同二八五頁）

再び「家」の最初の段落の「雨戸」に関わる文を読んでみよう。「私は雨戸を閉めるときから雨戸の内側にゐたのだ。外側から閉めて、何処かへ帰つて行つたのではないのだ。」。雨戸を内から閉めるのも外から閉めるのも全く等価の可能性としてあるということは、どこに住んでも同じことだということを意味しはしまいか。事実、「五月」という詩には、「雨戸を開けてしまふと、外も家の中もたいした異ひがなくなつた」とある。また、「学識」にあっては、「「裸なら着物はぬれない――」といふ結論」に従ってふんどし一丁で雨の中に出ることを考えることによって、亀之助は、雨に濡れないために家の外に出るという可能性を創出しているのではないか。このように、「家」や「学識」などの散文詩に於いて、亀之助は、家と関係なく、「指し向け聯関」を離れて居住する可能性を案出しているように思われる。そして、ハイデガーの「家に在って－安らっている－のでは無い、ということ」という「無気味さ」についての見解とも響き合うこのような可能性の創造に『障子のある家』という詩集の新しさの一つがあるのではないか。

家を離れ、「指し向け聯関」を壊乱し、それを機能不全に追い込みつつ、そこから身を引き離すこのような歩みを、亀之助は『障子のある家』の「自序」で、「地上の権利を持たぬ私」という言葉で表現し、また、「住所不定」と形容する。

何らの自己の、地上の権利を持たぬ私は第一に全くの住所不定へ。それからその次へ。

（「自序」部分）

しかし、亀之助が『障子のある家』で創出し得た散文詩形式によっては、指し向けの構造を骨抜きにしつつ浮き上がらせるところまでは出来ても、家からの恒常的な脱出の可能性を意味する「住所不定」そして「その次」を具体的に言語化するところまでは出来なかったと言えるかもしれない。そのためには、恐らくコント形式の、あるいは夢の形を借りたフィクションが必要だったのではないか？　『障子のある家』にあっては、「おまけ　滑稽無声映画「形のない国」の梗概」というコントの冒頭が「住所不定」と「その次」に言及している。

形のない国がありました。飛行機のやうなものに乗つて国の端を見つけに行つても、途中から帰つて来た人達が帰つて来るだけで、何処までも行つた人達は永久に帰つては来ないのでした。

また、「へんな季節」という詩には、恐らく夢の内容という設定であろうが、海岸に蒲団を敷いて寝る光景が書かれている。家の中に住んでも外に住んでも同じであるということになれば、当然、家の中に蒲団を敷いて寝ても、外で寝ても同じであるということになる。その意味で、この夢は、「家」という散文詩で、雨戸を開けるという行為をその目的と切り離すことで亀之助が達し得た家の中に住んでも外に住んでも同じことであるという可能性をさらに推し進めた「住所不定」の具体化であると言えよう。

風が吹いて、波頭が白くくづれてゐる海に、黒い服などを着た人達が乗つてゐるのに少しも吃水のない、片側にだけ自転車用車輪をつけてゐる船が、いそがしく砂地になつてゐる波打際へ着いたり沖の方へ出て行つたりしてゐるのを見てゐると、水平線の黒い雲がひどい勢ひでおほいかぶさつてくるのであつた。私はその入江になつた海岸の土堤で、誰か四五人女の人なども一緒に蒲団をかぶつて風を避けてゐた。そしてしばらくして、暗かつた蒲団の中から顔を出すと、もうそこには海も船もなくなつてゐて、土堤にそつて一列に蒲団が列らんでゐるのであつた。

（「へんな季節」部分）

「学識」、「家」という二つの詩を読んでみてわかったことをまとめてみよう。

この二つの詩に於いて、そのやり方はメトニミーの文字通りの解釈、目的の無視と異なるものの、指し向け構造に混乱と機能不全が導入された。それによって、指し向け構造が露わになり、主題化され、初めて言語化されるということが起こった。この言語化は、二つのレベルで確認される。一方で、亀之助の詩作の文脈では、非詩的なものであるとされた日常的・日本的なるものが『障子のある家』に至って初めて指し向け構造という形で十全に言語化され散文詩の形を取った。他方で、日本の近代詩の歴史から言えば、いわゆる「写実主義」などというものとは全く異なる、日本的なるものを「手許に有るもの」の指し向け構造として言語化する同時代のハイデガーの思考とも響き合う詩が初めて書かれ得た。指し向け構造に導き入れられた混乱、「途絶」は、単に指し向け構造の散文詩としての言語化を可能にしたのみならず、家と関係なく指し向け構造を離れて「住所不定」のまま生きるという可能性を開くものでもある。

「だんだんには詩を書かうとは思へなくなつた。」。『障子のある家』の「年越酒」という詩には、このようにあった。詩を書くことを殆どあきらめ、「指し向け聯関」の中にいる「私」を書き、そのような亀之助にとっては恐らく詩とは呼べないようなテクストを集めたのが『障子のある家』という詩集であると言えよう。しかし、それのみではない。「指し向け聯関」の中にいる「私」を散文詩に書くということのためだけにも、指し向け構造を「途絶」させ、そのことにより、それを主題的・「表明的」にし、言語化可能にする必要があった。したがって、詩を書くのをやめて、日常生活の「配慮」に「没入」することが亀之助にとっては、恐らくそれまでは詩とはみなされていなかったような新たな詩を書くために必要だった。しかも、亀之助はただ「指し向け聯関」の中に「没入」しているのみではなかった。朔太郎の「青猫」風のメルヘン的詩、あるいは未来派・「超現実主義」などのいわゆる前衛詩を書くのをやめ、とりあえず日常の「配慮」に没頭し、「指し向け聯関」の中に身を委ねつつも、亀之助は、そこに機能不全を導入し、「非指示性」と

「無」を作り出して、「家」や指し向け構造から脱出し、「住所不定」やさらに「その次」へと赴くことを目論んでいたのだ。したがって、亀之助は、一旦は詩を書くのを殆どやめ、「指し向け聯関」の中に身を置き続けることによって、一方でそれまで書かれなかった新たな散文詩の産出を狙い、他方で、「家」や「指し向け聯関」から逃れる可能性を探っていたと言えるだろう。

『障子のある家』という詩集が、「指し向け聯関」の露出によって初めて書かれ得た散文詩群によって構成されていることをもう一度確認しておこう。確かにそこに集められた散文詩群は、既に指摘したように、「住所不定」と「その次」を十全に言語化するところまでは達していないかもしれない。しかし、そこには、「家」を構成する差し向け構造の中に浸り切りつつも指し向け構造の機能不全を様々な形で目論む「私」や「指し向け聯関」の中にいる「私」の居心地の悪さなどが十分に表現されている。

「指し向け聯関」の中に「没入」している「私」とは言え、「配慮」を怠る一種の怠惰によって、「道具」が適切に使用されないことがしばしばあり、「指し向け聯関」は絶えず「途絶」の危機に晒されているかのようだ。例えば、顔を洗わない、雨戸を開けない、蒲団を畳まない、掃除をしないなどがそのような「配慮」の怠りであると言えるだろう。

「昼頃寝床を出ると、空のいつものところに太陽が出てゐた。何んといふわけもなく気やすい気持になつて、顔を洗はずにしまつた」（「三月の日」）。「鳴いてゐるのは蟬だし、吹いてゐるのは風なのだ。部屋のまん前まではつた陽が雨戸のふし穴からさし込んでゐる」（「五月」）。「寝床は敷いたまゝ雨戸も一日中一枚しか開けずにゐるやうな日がまた何時からとなくつゞいて、紙屑やパンかけの散らばつた暗い部屋に、めつたなことに私は顔も洗はずにゐるのだつた」（「秋冷」）。『障子のある家』には収録されなかった同時期の詩「五百七十九番地」にあるように、ついには食事もおろそかになる。「北側の雨戸は風が入るので締つきりにしてゐる。南側もこの頃は半分しか開かない。床もたいがいは敷きつぱなしにしてすましてゐる。ご飯を一日に三度喰べる時間が何時もなくなつてゐる。」（「学校」二号、昭和四年）。

家の中で風雨から守られながら自身の生存を維持することに腐心する様々な「配慮」を怠ることの極端な例は、昭和五年の詩「無形国へ」の「餓死」についての記述だろう。「私は不飲不食に依る自殺の正しさ、餓死に就て考へこんでしまつてゐた」、「くどくどとなつたが、私の考へこんでゐたのは餓死に就てなのだ。餓死自殺を少しでも早くすることではなく出来得ることなのだ」。この例からもわかるように、「配慮」の怠りはかなりの程度まで意図的であったと考えることが出来る。「餓死自殺を」「出来得ること」。「家」には次のようにあった。「二人の食事に一人前の箸茶碗だけしかをそろへず、箸をとつては尚のこと自分のことだけに終始して胃の腑に食物をつめ込むことを、私は何か後めたいことに感じながらゐるのだ。」。食べることとの究極的な怠りによって、「箸茶碗」を「欠けているもの」の位置に追い込み、それによって「非指示性」、「無」を現出させ、「指し向け聯関」を機能不全に陥らせる可能性を常に自身の手の届く範囲に置いておくこと、このことを亀之助は狙っているのではないだろうか。

もちろん、この「無形国へ」という詩にあっては、「家」を構成する「指し向け聯関」にのみならず資本主義的連関にも機能不全を導入することが目論まれている。資本主義システムのこの壊乱は、「無形国へ」にあって、働かないこと、そして食べないことという二重の形を取っている。「(最も小額の費用で生活して、それ以上に労役せぬこと――。このことは、正しくないと君の言ふ現在の社会は、君が余分に費ひやした労力がそのまゝ君達から彼等と称ばれる者のためになることにもあてはまる筈だ」。マルクスによれば、「直接の生きた労働にたいする、蓄積された過去の対象化された労働の支配は、蓄積された労働をして初めて資本たらしめる」(『賃労働と資本』、六十頁)。「資本は、新たな原料、新たな労働用具、および新たな生活手段を生産するために使用されるところの、あらゆる種類の原料、労働用具、および生活手段から成りたつ」のであり、「蓄積された過去の対象化された労働」とは「資本のこれらの成分のすべて」（同五十六頁）であるから、「労役」を出来得る限り控え、「蓄積された労働」から成る「資本」に「生きた労働」を与えぬことによって、「資本」の増殖過程に機能不全を導き入れることもあるいは可能であるかもしれない。また、「不飲不食に依る自殺」、つまり飲むこと・食べることの拒否については、生産が前提としている消費という観点から考えることが出来る。「消費は生産を二重に生産する」。マルクスは「経済学批判序説」で書いている。「つまり、（一）消費においてはじめて生産物は現実的な生産物になるのだから。たとえば衣服は、着るという行為によってはじめて実際に衣服になる、（…）。だから生産物は、消費においてはじめて、単なる自然対象とちがう生産物として証明され、生産物となる。（…）《消費が生産を生産するのは、》（二）消費があたらしい生産の欲望を創造し、こうして生産の前提であるところの、生産の精神的な、内部からこれをおしすすめる根拠を創造するからである。消費は、生産の衝動を創造する」（『経済学批判』、二九九頁）。したがって、「無形国へ」という詩は、「不飲不食」、すなわち飲料や食品を消費しないことによって、それらに生産物としての「最後の仕上げ」（同二九九頁）を与えることを拒否すると同時に、新たな生産の根拠や欲望を与えることも拒絶し、それによって、資本の増殖過程に機能不全を導き入れることを狙っている。

「指し向け聯関」の失調を惹き起こし得る「配慮」の怠りの問題に戻ろう。「学識」に於いて、メトニミー（換喩）の文字通りの解釈を用いた策略によって「家」が「使用不可能」であるかのようになったことは既に見たが、「印」では、「ネヂを巻」くという「配慮」の怠りによって「時計」を止まるがままに放置してしまい、それを「使用不可能」なものとして現われさせるということが起こる。

水鼻がたれ少し風邪きみだといふことはさして大事ないが、何か約束があつて生れて、是非といふことで三十一にもなつてゐるのなら、たとへそれが来年か明後年かのことに就てゞあつても、机の上の時計位ひはわざわざネヂを巻くまでもなく私が止れといふまでは動いてゐてもよいではないのか。人間の発明などといふものは全くかうした不備な、ほんとうはあまり人間とかゝはりのないものなのだらう。――だが、今日も何時ものやうに俺がゐてもゐなくとも何のかはりない、自分にも自分が不用な日であつた。

（「印」部分）

ここで、「ネヂを巻」くことを怠ったために止まった「時計」は、「使用不可能」なもの、「欠けているもの」、亀之助の言い方に従えば、「あまり人間とかゝはりのないもの」として現われる。「指し向け聯関」は「途絶」し、「手許に有る」「道具」としての「非指示性」のうちに消え去る。「あまり人間とか、はりのないもの」とはそのような「無」を言うのではないだろうか。また、指し向け構造が「阻害」されることで、指し向け構造の内部に身を置きつつそれを理解する「現有」としての「俺」も重要さを失ってしまう。それが、「今日も何時ものやうに俺がゐてもゐなくとも何のかはりない、自分にも自分が不用な日であつた」という文に現われているのではないだろうか。「指し向け聯関」を機能不全に追い込む試みとしては、他に、「道具」の「指し向け聯関」からの剝ぎ取りとでも形容したくなるような試みがある。

［…］そして、酔つてもぎ取つて来て鴨居につるしてゐた門くゞりのリンに頭をぶつけた。勿論リンは鳴るのであつた。このリンには、そこへつるした日からうつかりしては二度位ひづつ頭をぶつつけてゐるのだ。

（「ひよつとこ面」部分）

来客を知らせるという目的に指し向けられてあったはずの「門くゞりのリン」を文字通りその置かれたところの「指し向け聯関」から「もぎ取」り、剝ぎ取ってしまい、それを別の文脈、別の指し向け構造の中に置くということが、ここで起こっている。「指し向け聯関」から剝ぎ取られることにより、「門くゞりのリン」は「道具」としての性格を失いつつ、あるいは、「道具」として消失して「無」となりつつ、新たな文脈の内にある。ある目的に指し向けられた「道具」の使用があるのではなく、「頭をぶつつけ」るという偶然によって「鳴る」異物、「無」があるばかりだ。「道具」としての「門くゞりのリン」は、ハイデガー流に言えば、「非指示性」のうちに消失し、来客を知らせるという目的に指し向けられてあるという元の場所の「指し向け聯関」が「表明的」になるばかりだ。その上、本来の目的とは無関係に鳴る「門くゞりのリン」は、新たに置かれた場所の差し向け構造――そのような構造、つまり、それぞれがある目的に指し向けられた「道具」の総体から成る「道具立て全体の全体性」としての「部屋」あるいは「家」、そして、そこで「配慮」に「没入」する「俺」の姿は、同じ「ひよつとこ面」という詩に次のように叙述されている、「火鉢、湯沸し、坐ぶとん。畳のやけこげ。少しかけてはゐるが急須と茶わんが茶ぶ台にのつてゐる。しぶきが吹きこんで一日中縁側は湿つけ、(…)そして、火鉢に炭をついでは吹いてゐるのであつた」――に混乱を導き入れるのみであろう。

このように、『障子のある家』という詩集では、怠惰、「道具」の剝ぎ取りなど、様々なやり方で、「道具」の目的連関、指し向け構造の壊乱が図られているわけだが、もう一つ意図的に不適切であることを目指す推論とでも呼ぶべきものがある。そのような推論の例として、「学識」のメトニミー（換喩）に関するもの、「家」の目的を無視する推論などを既に指摘した。ここでは、全く「道具」でないものを「道具」とみなす推論を挙げたい。このような推論によって、当然「道具」でないものは目的に指し向けられていないわけだから、それを目的に指し向けられているものとみなすことによって、目的の不在、指し向け構造の不在が露わになる。そのように不在・「無」を露わにすることを目指している推論がある。それは、「自分が三十一になるといふこと」（「詩人の骨」）についての推論だ。この「自分が三十一になるといふこと」は、実際、複数の詩で言及されており、『障子のある家』でもっとも重要な主題の一つと言ってもいいかもしれない。「年越酒」（「俺は三十一といふ年になるのだ。人間といふものが惰性に存在してゐることを案外つまらぬことに考へてゐるのだ。」）、「印」（「［…］何かの約束があつて生れて、是非といふことで三十一にもなつてゐるのなら、［…］」）などの詩に「自分が三十一になるといふこと」が言及されている他、「ひよつとこ面」の冒頭には、次のようにある。

納豆と豆腐の味噌汁の朝飯を食べ、いくど張りかへてもやぶけてゐる障子に囲まれた部屋の中に一日机に寄りかゝつたまゝ、自分が間もなく三十一にもなることが何のことなのかわからなくなつてしまひながら「俺の楽隊は何処へ行つた」とは、俺は何を思ひだしたのだらう。

「自分が間もなく三十一にもなること」はある目的に指し向けられている行為、つまり「配慮」ではないにもかかわらず、それをあたかも「配慮」であるかのように考えるから、目的の不在が現われ、それとともに「阻害」され「途絶」したことになる指し向け構造が「無」として露出する。そのため、「何のことなのかわからなくなつてしま」ふということになる。あるいは、「詩人の骨」という詩にあるように、「自分が三十一になるといふことは困つたことにはこれといつて私にとつては意味がなさそうなことだ」ということになる。もともと「意味」も目的もなかったことをあたかも一つの「道具」であるかのように「指し向け聯関」に属するものとして考えようとするから、「意味がない」ということが露出し浮き彫りになる。というか、「意味がない」ということを浮き彫りにし、指し向け構造をそれがもともとないところに不在・「無」として露出させることを狙った亀之助の推論であると言えるだろう。

幾度考へこんでみても、自分が三十一になるといふことは困つたことにはこれといつて私にとつては意味がなさそうなことだ。他の人から私が三十一だと思つてゐてもらうほかはないのだ。親父の手紙に「お前はもう三十一になるのだ」とあつたが、私が三十一になるといふことは自分以外の人達が私をしかるときに使ふことなのだらう。

ここで「私」の推論は、「使ふ」という言葉からもわかるように、「私が三十一になるといふこと」を「自分以外の人達が私をしかる」という目的に指し向けられた一つの「道具」としてしまい、いわば語用論的次元に指し向け構造を捏造している。

身の回りの様々な「道具」を用いつつ、日本家屋という指し向け構造の絡み合った場に位置して居心地の悪さを覚えながら、指し向け構造の壊乱を様々な手を使って画策する亀之助的「私」の姿が徐々に浮き彫りになって来たと思う。

「家」という指し向け構造の総体のうちに絡み取られてあることの居心地の悪さは、例えば、「後めたいこと」（「家」）、「みじめな気持」（「秋冷」）などの言葉で表現されている。

［…］二人の食事に二人前の箸茶碗だけしかをそろへず、箸をとつては尚のこと自分のことだけに終始して胃の腑に食物をつめ込むことを、私は何か後めたいことに感じながらゐるのだ。

（「家」部分）

なんといふわけもなく痛くなつてくる頭や、鋏で髯を一本づゝつむことや、火鉢の中を二時間もかゝつて一つ一つごみを拾ひ取つてゐるときのみじめな気持に、[…]

（「秋冷」部分）

「ひよつとこ面」では、このような居心地の悪さが「自分が日本人であるのがいやになつたやうな気持」と表現されている。「使用不可能」とは言わぬまでも、多かれ少なかれ破損した「道具」たちに囲まれ（「いくど張りかへてもやぶけてゐる障子」、「畳のやけこげ。少しかけてはゐるが急須と茶わんが茶ぶ台にのつてゐる。」）、「配慮」に耽りながらも（「火鉢に炭をついでは吹いてゐる」）、「道具」の剝ぎ取りとその異質な指し向け構造内への据え付け（「酔つてもぎ取つて来て鴨居につるしてゐた門ぐゞりのリン」）や「自分が間もなく三十一にもなること」についての故意に的外れな推論によって指し向け構造を脱臼させ、またそれを「無」として露出させることを企てつつ、「自分が日本人であるのがいやになつたやうな気持」に浸る亀之助的「俺」の姿が見事に描かれているこの「ひよつとこ面」という散文詩を全文引用してみよう。

納豆と豆腐の味噌汁の朝飯を食べ、いくど張りかへてもやぶけてゐる障子に囲まれた部屋の中に一日机に寄りかゝつたまゝ、自分が間もなく三十一にもなることが何のことなのかわからなくなつてしまひながら「俺の楽隊は何処へ行つた」とは、俺は何を思ひだしたのだらう。此頃は何一つとまとまつたことも考へず、空腹でもないのに飯を食べ、今朝などは親父をなぐつた夢を見て床を出た。雨が降つてゐた。そして、酔つてもぎ取つて来て鴨居につるしてゐた門くゞりのリンに頭をぶつけた。勿論リンは鳴るのであつた。このリンには、そこへつるした日からうつかりしては二度位ひづつ頭をぶつけてゐるのだ。火鉢、湯沸し、坐ぶとん。畳のやけこげ。少しかけてはゐるが急須と茶わんが茶ぶ台にのつてゐる。しぶきが吹きこんで一日中縁側は湿つけ、時折り雨の中に電車の走つてゐるのが聞えた。夕暮近くには、自分が日本人であるのがいやになつたやうな気持になつて坐つてゐた。そして、火鉢に炭をついでは吹いてゐるのであつた。

『色ガラスの街』のメルヘン的言語ではどうしても表現できなかった「部屋」、日本的なるもの（例えば「風」という詩の「そして　風は／私の書斎の窓をたたいて笑ったりするのです」という最後の二行を想い起こしてみよう）がついに「ひよつとこ面」のこれらの詩行で十全に言語化されるに至ったと言えるだろう。ここで言う「日本人である」こととは、「納豆と豆腐の味噌汁の朝飯を食べ」、「障子」、「火鉢」、「湯沸し」、「坐ぶとん」、「畳」、

「急須」、「茶わん」などの「道具」に囲まれ、そのような「道具立て全体の全体性」としての「部屋」で、例えば「火鉢に炭をついでは吹」くというような自分の身を維持するための「配慮」に絶えず耽りつつあることだと言える。「日本的なるもの」とはつまり、「私」や「俺」がそこに不可分な形で組み込まれている指し向け構造の総体を言うのであろう。また、「障子のある家」というのもまさにこの指し向け構造の総体のことを意味していると言えよう。

また、「ひよつとこ面」で唯一西洋的なものである「楽隊」の出て来る「俺の楽隊は何処へ行つた」という言葉で、「俺」は、かつて書いていたメルヘン的詩を「思ひだし」ていると言うことはできないだろうか。「印」の最初の段落には、「部屋」の中で「障子の穴などをつくろ」う、「火鉢の炭団をつゝ」くなどの「配慮」に専念しつつ、「馬車」に乗る西洋風な紳士である自分を想像する「私」が描かれている。

屋根につもつた五寸の雪が、陽あたりがわるく、三日もかゝつて音をたてゝ樋をつたつてとけた。庭の椿の枝にくゝりつけて置いた造花の椿が、雪で糊がへげて落ちてゐた。雪が降ると街中を飲み歩きたがる習癖を、今年は銭がちつともないといふ理由で、障子の穴などをつくろつて、火鉢の炭団をつゝいて坐つてゐたのだ。私がたつた一人で一日部屋の中にゐたのだから、誰も私に話かけてゐたのではない。それなのになんといふ迂闊なことだ。私は、何かといふとすぐ新聞などに馬車になんか乗つたりした幅の広い写真などの出る人を、ほんとうはこの私である筈なのがどうしたことかで取り違へられてしまつてゐるのでは、なかなか容易ならぬことだと気がついて、自分でそんなことがあり得ないとは言へきれなくなつて、どうすればよいのかと色々思案をしたり、そんなことが事実であれば自分といふものが何処にもゐないことになつてしまつたりするので、困惑しきつて何かしきりにひとりごとを言つてみたりしてゐたのだつた。

日本家屋の「部屋」で西洋的事物の現われる光景を想像するという亀之助的夢想の典型的パターンがここに再現されている。恐らく、このように「部屋」という指し向け構造の総体に絡め取られつつ夢想するというやり方で『色ガラスの街』のメルヘン的諸篇が書かれたというかつての詩作の仔細をもこれらの詩行は告げているかもしれない。かつてのメルヘン的詩の産出の状況は、このように「印」というテクストから復元して想像するしかないのであろう。起源のない反復から起源を作り上げるという操作がここで要求されている。何故なら、メルヘン的詩創作の条件であったはずの指し向け構造に組み込まれた「私」

は、『障子のある家』以前には決して書かれ得なかったのだから。「印」にはまた、メルヘン的な夢想の中には、「自分といふものが何処にもゐないことになつてしまつたりする」のである以上、日本家屋の部屋でメルヘン的詩を書いたことのみならず、それをやめて、「指し向け聯関」に再び没入するだけになったことも書かれている。

既に指摘したように、メルヘン的詩はもちろん、未来派的詩や「超現実主義的」詩をも放棄して、指し向け構造として現われた「日本的なるもの」に他ならない「障子のある家」に埋没しつつ、指し向け構造に様々な形で機能不全を導入し、これを壊乱することを目論む亀之助にとって、家からの脱出を意味する「全くの住所不定へ。それからその次へ」の一つの具体的可能性として「形のない国」があった。

しかし、「形のない国」についてのヴィジョンを亀之助は、「おまけ　滑稽無声映画「形のない国」の梗概」以上に発展させることはなかった。亀之助の本領は、どう考えても、指し向け構造としての「障子のある家」に絡め取られつつ、この構造の脱臼を図るさまを記述した、あるいは、脱臼の企てがしばしば推論によってなされることを思えば、指し向け構造の脱臼の試み自体としての散文詩ということになりそうだ。これは何を意味しているのだろうか?

一つには、「おまけ　滑稽無声映画「形のない国」の梗概」で提出されている空間というのが、『有と時』のハイデガーの言葉を借りれば、計量可能で「等質な自然空間」(一七四頁)に過ぎないものであり、指し向けの構造の総体の空間性に比べると明らかに後退した空間概念に対応するものに過ぎないということがあろう。実際、「おまけ　滑稽無声映画「形のない国」の梗概」に於いては、常に「測量」や「面積」が問題になっている。「何らの自己の、地上の権利を持たぬ私」としての亀之助は当然、「その綺麗な地図の中に何一つ自分のものを持つてゐない人達」、「面積とは何であるか知らない」人達に属するのであろう。

一方、何時の頃からか国の形も次第にわかり広さもわかつて彩色した立派な地図も出来、その国のほかにもまだたくさんの異つた国のあることを知ると、王様や大臣達は自分の国がさう広いやうには思はれなくなりましたが、その綺麗な地図の中に何一つ自分のものを持つてゐない人達はそれに何らの興味もないばかりではなく、地図の中の一里四方といふ面積が何を標準にしてきめた広さなのか更にけんとうもつかないのでありました。王様や大臣達は彼らが面積とは何であるか知らないのに驚きました。

(「おまけ　滑稽無声映画「形のない国」の梗概」部分)

「どの方向を見ても見えないところまで広い」「形のない国」は、明らかに絶えず膨張することを目論む帝国主義日本のあり方を反映している。亀之助が、コントの最後に「それに何らの興味もない」と書くことによって「形のない国」への無関心を示したのは、日本の帝国主義的膨張への警戒と反発があるだろう。

『有と時』のハイデガーによれば、「手許にあるもの」たちの道具連関を離れて、「空間をただ単に注視」することによって、「等質な自然空間」、「自然世界」が現われる。

　見廻しを放れて空間をただ単に注視しつつ発見することは、廻り世界的な諸方面を諸々の純粋な次元へ中性化する。手許に有る道具の占める諸々の場処と見廻し的に方向を定められた場処の全体性とは、崩落して随意の諸物の占める諸々の位置の多様性となる。このことを以って、世界内部的に手許に有るものの空間性は、それがもつ趨向という性格を失う。世界は、それに種別的に特有な廻りという性格を失って行き、廻りの世界は、自然世界になる。手許に有る道具立て全体としての「世界」は、空間化されて、ただ単に直前的に有る延長せる諸物の聯関になる。（一七四頁）

「おまけ　滑稽無声映画「形のない国」の梗概」に現われる「王子」の例にもあるように、

帝国主義的貪欲は「等質な自然空間」を前提にしているであろうから、その意味でも、指し向け構造の総体としての「障子のある家」に留まらなくてはならない。「家」の指し向け構造に骨絡みになりながらの逃走の可能性を「暗夜行進」という昭和四年に書かれたテクストは示していないだろうか。

自分がもう小便をやりたくないのはどこかでしてしまつたのだつたらうか。どうしてこんなことになつたのか、とき折り立ちどまつてはみるものゝ、家の近くまで帰つてきて小便をしに入つた露地から何処までもきりもなくつゞいてゐるのだつた。

（「暗夜行進」部分）

「露地」を「便所」同様の「小便」を受け止めるという目的に差し向けられた「道具」とみなしつつも、「小便」をするという「配慮」を恐らく怠るうちに、その目的とともに「道具」としての「露地」は消え、「無」としての「露地」が現われて、「何処までもきりもなくつゞいてゐる」何かとして果てのない逃走・迷い込みの可能性を開いている。

4　風景に於ける「無」の現われとしての「昭和的なるもの」

　家を離れることなく、指し向け構造としての「障子のある家」に絡め取られながら、そこに機能不全を導入し、不在・「無」の出現を画策する亀之助の姿が徐々にはっきりして来たようだ。

『障子のある家』に集められた散文詩群は、その手続きと経過の記録であるのみならず、指し向け構造の壊乱の試み自体でもある。指し向け構造を機能不全に陥らせ、「無」としての構造を出現させるべく推論しつつ書くこと自体が指し向け構造壊乱の試みなのだ。

　指し向け構造壊乱の試みを「無」の露出・言語化という側面から考えるために、もう一度、「ひよつとこ面」や「詩人の骨」で展開された「自分が三十一になるといふこと」にまつわる推論を振り返ってみよう。「ひよつとこ面」には、「自分が間もなく三十一にもなることが何のことなのかわからなくなつてしまひながら」とあったし、「詩人の骨」には、「幾度考へこんでみても、自分が三十一になるといふことは困つたことにはこれといつて私にとつては意味がなさそうなことだ」とあった。

「自分が三十一になるといふこと」というもともとある目的に指し向けられた「道具」を使う行為、つまり「配慮」でないものを「配慮」であるという前提を捏造した上で推論することによって、目的の不在が露わになり、指し向けの構造が「無」として露呈することになる。「自分が三十一になるといふこと」が、「何のことなのかわからなくな」る、「意味がなさそうなこと」になるとは、そのようなことだろう。

このように、もともと「道具」でないものを悪意とイロニーをもって目的へ指し向けられた「道具」とみなした上で、当然のことながら目的への指し向けを不発に終わらせ、「道具」の消失、あるいは同じことであるが不在の指し向け構造を「無」として出現させるというのは、『障子のある家』の亀之助の頻繁に用いたお気に入りの戦術だ。目的への指し向けの不発を何度も繰り返すことによって、捏造されたフィクション的なものである絶えざる機能不全状態、故障状態にそれを置き、指し向けの連鎖というものに絶えず揺さぶりをかけようとしているかのようだ。実際にこの企てにより指し向け構造の網の目としての「家」、「日本的なるもの」がどこまで揺さぶられるのかはわからないが、ともかく亀之助の散文詩が、たとえ捏造された前提とフィクション的な推論によるものだとしても、絶えず機能不全にあり瓦解しつつある指し向け構造の表象を与え続けていることは確かだ。いずれにしろ、このような指し向け構造の絶えざる故障状態誘発の試みがテクストの形を取ったものが『障子のある家』の散文詩群だということになる。

「道具」でないものを目的連関に組み込まれた「道具」とみなした上で推論し始め、目的の不在と指し向け作用の不発を誘発し、構造としての「道具」の「無」を浮き彫りにするという亀之助の手法は、『障子のある家』の「後記」の「父と母へ」という文にも現われている。ここでは、「人間」を「道具」とみなし、「何をしに生れて来るのか」と目的の不在を浮き上がらせた上で、「親達のまねを」するためという目的を捏造し、目的のないことを強調している。また、子が親に似るということについても、「親の古帽子などがその子供にもかぶれる為」という目的をでっち上げて見せて、かえって目的がないという無意味さを浮かび上がらせている。

人間に人間の子供が生れてくるといふ習慣は、あまり古いのでいますぐといつてはどうにもならないことなのでせう。又、人間の子は人間だといふ理屈にあてはめられてゐて、人間になるより外ないのならそれもしかたないのですが、それならば人間の子とはいつたい何なのでせう。何をしに生れて来るのか、唯親達のまねをしにわざわざ出かけてくるのならそんな必要もないではないでせうか。しかもおどけたことには、その顔形や背丈がよく似るといふことは、人間には顔形がこれ以上あまりないとでもいふ意味なのか、それとも、親の古帽子などがその子供にもかぶれる為にとでもいふことなのでせうか。だが、たぶんこんなことを考へた私がわるいのでせう。（「後記　父と母へ」部分）

諸々の「道具」の目的連関の網の目に絡め取られつつ、至るところにそのような目的連関を見出そうとし、あるいは捏造し、結果する目的の不在によって指し向け作用の不発を頻発させ、指し向け構造としての「道具」を「無」として出現させるという『障子のある家』の亀之助の戦略的手法は、風景を書く上でも適用される。「第一課　貧乏」を全文引用してみよう。

太陽は斜に、桐の木の枝のところにそこらをぼやかして光つてゐた。楢葉の陽かげに羽虫が飛んで晴れた空には雲一つない。見てゐれば、どうして空が青いのかも不思議なことになつた。縁側に出て何をするのだつたか、縁側に出てみると忘れてゐた。そして、私は二時間も縁側に干した蒲団の上にそのまゝ寝そべつてゐるのだ。

私が寝そべつてゐる間に隣家に四人も人が訪づねて来た。何か土産物をもらつて礼を言ふのも聞えた。私は空の高さが立樹や家屋とはくらべものにならないのを知つてゐたのに、風の大部分が何もない空を吹き過ぎるのを見て何かひどく驚いたやうであつた。

雀がたいへん得意になつて鳴いてゐる。どこかで遠くの方で蟬も鳴いてゐる。誰がきめたのか、二月は二十八日きりなのを思ひ出してお可笑しくなつた。（「第一課　貧乏」）

この散文詩では、至るところに目的に指し向けられた「道具」を見出そうとするイロニーによって、「私」は、「雲一つない」「晴れた空」、すなわち「青い」「空」を「道具」とみなし、「空が青い」ことに目的のないことを浮き上がらせ、「晴れた空」、「青い」「空」を当然のことながら「道具」として「非指示性」のうちに消失させている。それが「不思議なこと」という言葉で表現されている。次いで、一種の伝染によるものだろうか、「縁側に出」るという本来の意味での「配慮」に相当する行為の目的が忘れられている（「縁側に出て何をするのだつたか、縁側に出てみると忘れてゐた」）。風景の中での指し向け構造の「無」としての出現が、現実の「指し向け聯関」の中にある「配慮」の目的をも不在として現われさせている。

これらの詩行では、どうして青いのかその目的も理由もわからない青い空、「何もない空」が、指し向け機能の不発によって、解体しつつ浮き上がった「無」としての指し向け構造そのものの現われとなっている。

指し向け構造のないところに指し向け構造を見ようとし指し向け構造を「無」として出現させるこの手法を多用すれば、身の回りの風景の至るところに「無」を増殖させることができるだろう。「第一課　貧乏」第三段落の「雀がたいへん得意になつて鳴いてゐる」、

「どこかで遠くの方で蟬も鳴いてゐる」というような文も、日常的な身近な事象・風景、「ありふれたこと」の単なるメモ的記述ではないことがわかって来る。これらの文は、あらゆるものにある目的に指し向けられた「道具」すなわち指し向け構造を見るという前提があった上で初めて書かれた文ではないか。あらゆるものに指し向け構造を見ると前提すれば、「雀がたいへん得意になつて鳴いてゐる」ことや「どこかで遠くの方で蟬も鳴いてゐる」こともある目的へ指し向けられているはずであるが、事実はそういうことはないので、「雀がたいへん得意になつて鳴いてゐる」、「どこかで遠くの方で蟬も鳴いてゐる」と記述するたびに指し向け構造が「無」として露呈する仕掛けになっているのではないか。同様に、「二月は二十八日きり」であることにも目的はないはずであるが、それを「指し向け聯関」の中に置いてみることで、目的の不在と指し向け構造が露わになり、「お可笑しくなつた」ということになる。

『障子のある家』という詩集に於いて、指し向け構造の総体、すなわち「障子のある家」、「日本的なるもの」は、周囲の風景の至るところで、絶えず目的の不在に指し向けつつ、破綻しつつある、ということだ。

このような破綻を引き起こすための仕掛けの一つとして、例えば、隠微で控え目なやり方ではあるが、ある目的に指し向けられた「道具」あるいは行為が問題になる「配慮」に関わる文と目的や「配慮」に全く関係のない風景に関わる文を並置し同列に扱うことによって、一種の伝染作用により風景のうちに指し向け構造を読み取らせるように唆し、「無」を浮き上がらせるという手法がある。「年越酒」冒頭の文をもう一度見てみよう。

庭には二三本の立樹がありそれに雀が来てとまつてゐても、住んでゐる家に屋根のあることも、そんなことは誰れにしてもありふれたことだ。

ここで、「ありふれたこと」という言葉で括られ、同列に扱われている二つの事実、すなわち、「庭には二三本の立樹がありそれに雀が来てとまつてゐ」ることと「住んでゐる家に屋根のあること」とは、一方は、「指し向け聯関」の中にない風景的事象であり、他方は、明らかに家に住む者を風雨から守るという目的に指し向けられた事実だ。これらの二つの事実を「ありふれたこと」という言葉で同一の範疇に括ることで、「二三本の立樹があ」ることや「雀が来てとまつてゐ」ることなどもまた架空の指し向け構造の中に取り込まれ、かえって目的の不在を露呈させるのではないか。

「三月の日」では、「配慮」に関わる文と風景を書く文が交互に現われる。

昼頃寝床を出ると、空のいつものところに太陽が出てゐた。何んといふわけもなく気やすい気持になつて、顔を洗らはずにしまつた。

陽あたりのわるい庭の隅の椿が二三日前から咲いてゐる。

机のひき出しには白銅が一枚残つてゐる。

障子に陽ざしが斜になる頃は、この家では便所が一番に明るい。


ここでは、「昼頃寝床を出る」というある目的に指し向けられている「配慮」に関わる文に「空のいつものところに太陽が出てゐた」という風景を書く文が続く。次いで、「太陽」のフィクション的な「道具」化により、目的の不在と「無」としての指し向け構造が露わになり、風景に出現したこの不在による逆方向の伝染作用によって、「配慮」の怠りが引き起こされる（「何んといふわけもなく気やすい気持になつて、顔を洗らはずにしまつた」）。最後の「障子に陽ざしが斜になる頃は、この家では便所が一番に明るい」という恐らく亀之助の書いた中でももっとも印象的な文の一つに於いては、「便所」という「道具」を「道具」として扱わずに「一番に明るい」という面からのみ捉えることによって、指し向け作用を空転させ、奇妙な空虚を現出させている。

『障子のある家』をこのように読んで来ると、『雨になる朝』で起こっていたことが初めて明らかになる。例えば、『雨になる朝』の「序」の二つの詩のうちの一つである「冬日」の冒頭を読み直してみよう。「久しぶりで髪をつんだ。昼の空は晴れて青かつた。」。最初の文は、「髪をつ」むという「配慮」に関わる。この文と同列に置かれることで、続く文の「空」は「道具」化され、目的の不在、「道具」としての「空」の消失による「非指示性」、「無」が浮かび上がる。「空」は「無」としての構造自体の現われとなる。また、「冬日」最後の文も読み直してみよう。「火鉢に炭をついで、その前に私は坐つてゐる。」。ここで、大正末期から昭和初期にかけての亀之助の詩的歩みの中で初めて、家の中で「配慮」に「没入する」「私」の位置付けがなされたと言ってよいであろう。しかし、このような家の構造がどのようなものであるのかが明確化するのは、『障子のある家』の推論的散文詩を俟たねばならなかった。

『障子のある家』に戻ろう。

「秋冷」という詩では、「庭」や「風」、そして恐らく「よく晴れて清水のたまりのやうに澄んだ空」もまた、「よそよそしい姿」で現われる。

なんといふわけもなく痛くなつてくる頭や、鋏で髯を一本づゝつむことや、火鉢の中を二時間もかゝつて一つ一つごみを拾ひ取つてゐるときのみじめな気持に、夏の終りを降りつゞいた雨があがると庭も風もよそよそしい姿になつてゐた。私は、よく晴れて清水のたまりのやうに澄んだ空を厠の窓に見て朝の小便をするのがつらくなつた。

（「秋冷」部分）

ここでは、「鋏で鬚を一本づゝつむこと」や「火鉢の中を二時間もかゝつて一つ一つごみを拾ひ取」ることといったまさにある目的に指し向けられた「配慮」を挙げながら、突然、「庭」やとりわけ「風」など「道具」ではない風景の一要素にすぎぬものが目的の不在に指し向ける指し向け構造として、すなわち無意味な、「無」に等しいものとして、「よそよそしい姿」を取って現われる。恐らく同様に「よそよそしい姿」を取っている「よく晴れて清水のたまりのやうに澄んだ空」の露出は、一種の伝染作用、あるいは模倣効果によって、「朝の小便をする」というある目的に指し向けられた「配慮」としての行為の怠りを惹起し、指し向け構造の機能不全を引き起こそうとする。「私は、よく晴れて清水のたまりのやうに澄んだ空を厠の窓に見て朝の小便をするのがつらくなつた」とは、そのようなことではないか。

ここで、「庭」、「風」、そして恐らく「よく晴れて清水のたまりのやうに澄んだ空」のまとっている「よそよそしい姿」を書いた亀之助は、「現実的なるもの」について語るジャック・ラカンに接近した位置にいると言っていいだろう。

ラカンは、『セミネール第二〇巻　まだ』で、「現実的なるもの」を「象徴的なるものから結果する見せかけと人生の具体的なるもののうちで支えられているがままの現実との間の開かれ」と定義付けている。亀之助の「秋冷」に現われる「よそよそしい姿」とはまさに、「見せかけ」として言語化されつつも言語化を逃れようとする、つまり出現と隠蔽・退きの「間の開かれ」にある「庭」、「風」、「空」のことではないか。

ラカンはまた、「現実的なるものは表現の袋小路によってしか記入され得ないだろう」と言い、「象徴的なるものに参入する現実的なるものを示す諸限界、袋小路の点たち」に言及している。このような袋小路は既に『色ガラスの街』に於いて、メルヘン的詩の諸限界を表す「部屋」、「書斎」、「室」として現われていた。メルヘン的言語による表象の失敗としてしか現われ得ない「部屋」を如何に言語化するかが『色ガラスの街』以来の尾形亀之助の詩作の課題であったと言ってよい。「部屋」のこの言語化は、『障子のある家』に至って十全に果たされた。しかし、「障子のある家」から脱出することなく、あたかも蜘蛛の如く、「障子のある家」に留まり続け、指し向け構造の網の目に捉えられながらも、至るところに――それがないところにまで――指し向けの網の目を張り巡らし、指し向けの不発と「無」の露出を誘発し、その試みがすなわち散文詩となる、という亀之助の戦略により、今度は、風景が増殖する無の穴だらけ、「表現の袋小路」だらけとなっていると言うこともできるだろう。「部屋」、「家」が十全に言語化された代わりに、今度は風景が、とりわけ「青い空」が言語化・象徴化の限界、ラカンの言う「現実的なるもの」として露わになったということだ。

亀之助と同様、昭和初期に風景のうちに無の露出としての「現実的なるもの」を見た文学者として、小林秀雄の名を挙げることができる。

昭和二年の「『悪の華』一面」に於いて、ボードレールの詩に現われる、既にラカンの「現実的なるもの」的なニュアンスを帯びる、詩の言葉を逃れようとする「青い広大な空間」のうちに恐らく「虚無」を見て取った小林秀雄は、「虚無」の発見とともに、「彼が遠く見捨てて來た卑俗なる街衢《がいく》の轍《わだち》の跡が驚く可き個性をもつて浮び上つて來る」ことを指摘した。

この時人間の魂は最も正しい忘我を強請される。彼は一種の虚無を得る。この時突然彼が遠く見捨てて來た卑俗なる街衢《がいく》の轍《わだち》の跡が驚く可き個性をもつて浮び上つて來る。先きに意の儘に改變さる可きものとして彼の魂の裡に流動してゐた世界は、今如何《いか》んとも爲難い色と形とをもつて浮び上る。かくして彼を取り巻いて行くものは既に象徴的眞理の群れではない。現實といふ永遠な現前である。その背後に何物も隠さない現象といふ死の姿だ。純粋な空間圖式である。

（『小林秀雄全集』第一巻、一二五頁）

小林によってここに素描されたボードレールの歩みは、ボードレールの場合は「象徴の森」の「彷徨」から「現實といふ永遠な現前」の発見へと向かい、亀之助の場合はメルヘン的・未来派的・「超現実主義的」詩から「現實」へと向かったのではあるが、大きく見れば、亀之助の歩みとかなりのところまで対応している。

昭和初期に於いて、尾形亀之助の詩作と小林秀雄の思索は、次の二点で交錯していたと思われる。

一点目としては、尾形亀之助は、風景の中にまで差し向けの網の目を張り巡しつつ、そこに無を露呈させ、とりわけ「青い空」に風景の言語化の「袋小路」を出現させ、小林秀雄は、ボードレールの「青い広大な空間」に「虚無」を発見した。二点目としては、亀之助は、メルヘン的・未来派的・「超現実主義的」詩から出発したが、『障子のある家』に至って、そのような西洋的な詩的言語を捨て、「家」とそこから眺められた「卑俗なる」風景を言語化した。小林秀雄もまた、ボードレールに仮託して、象徴詩という西洋的詩的言語の探究の果てに「卑俗なる街衢《がいく》」を発見した。

昭和初期に於いて、二人の文学者の詩的歩みの個性が偶然このように若干の類似を示したに過ぎないということなのだろうか。むしろ、尾形亀之助と小林秀雄が昭和の初期という時期にそれぞれの道で別々に到達した「無」の露出した風景というものに「昭和的なるもの」とでも呼び得る何かを認めるべきではないのか。

「現實は虚無である。」。昭和十二年の「日本への回歸」に於ける萩原朔太郎のこの命題は、「昭和的なるもの」のありようを見事に要約している。「日本への回歸」の次の一節で「虚無の空漠たる平野」や「雲と空」について書く朔太郎もまた、風景の中に露呈する無としての「昭和的なるもの」について語っていると言えよう。

僕等は西洋的なる知性を經て、日本的なものの探求に歸つて來た。その巡歴の日は寒くして悲しかつた。なぜなら西洋的なるインテリジエンスは、大衆的にも、文壇的にも、この國の風土に根づくことがなかつたから。僕等は異端者として待遇され、エトランゼとして生活して來た。しかも今、日本的なるものへの批判と關心を持つ多くの人は、不思議にも皆この「異端者」とエトランゼの一群なのだ。（…）そしてやつと脱出に成功した時、虚無の空漠たる平野に出たのだ。今、此所には何物の影像もない。雲と空と、そして自分の地上の影と、飢えた孤獨の心があるばかりだ。

（『萩原朔太郎全集』第十巻、四八八頁）

大正末期の『色ガラスの街』から昭和初期の『障子のある家』へと至る亀之助の詩的歩みは、それが極めて大雑把に言って、西洋的なるものから日本的なるものへ、そして「無」の出現へと至る行程に他ならないという点で、昭和十二年、つまり『障子のある家』から七年後に萩原朔太郎が明確に定式化する「日本への回歸」を予見するものであると言える。

「日本への回歸」で萩原朔太郎は、「長い間の西洋心醉から覺醒し、漸く自己の文化について反省」することについて語っているが、この「覺醒」が起こったのが昭和初期であることをここでは強調しておきたい。

［…］それ故に日本人は、未來もし西洋文明を自家に所得し、軍備や產業のすべてに亙つて、白人の諸强國と對抗し得るやうになつた時には、忽然としてその西洋崇拜の迷夢から醒め、自家の民族的自覚にかへるであらうと、ヘルンの小泉八雲が今から三十年も前に豫言してゐる。そしてこの詩人の豫言が、昭和の日本に於て、漸く現實されて來たのである。

（同四八六頁）

『色ガラスの街』から『障子のある家』に至る亀之助の詩的行程に於ける西洋的なるものから日本的なるものへの転回を「日本への回歸」と同一視することはもとより出来ないが、恐らく昭和初期に特有のこの「回帰」、転回とその結果である「無」の露出を亀之助が「日本への回歸」に数年先立って独自の詩的歩みの中で実現していたということを忘れてはならない。大正末期から昭和初期への亀之助の詩的行程は、大正末期に抑圧されていた日本的なるものの指し向け構造としての起源なき反復として現われるこの根本的転回の具体化そのものと言えるのである。尾形亀之助とは、大正期の西洋的詩・前衛的詩によって抑圧された日本的なるものの起源なき反復としての昭和を生きた詩人、そのような反復として考えられた大正から昭和への移行そのものであるような詩人であると言えないだろうか。

結論「その次へ」

昭和二年の「芥川龍之介の美神と宿命」で、小林秀雄は次のように書く。

明治といふ時代も、勿論今日と比べて猥雑でなかつたとは言へまいが、兎も角明治といふ時代には強いロマンティスムがあつた、一束々々縢《から》げられて輸入された總勘定を終つた歐洲文明は樣々の陶醉の形式を生んだのだ。暴威を振つた無味平淡な自然主義も畢《ひっ》竟《きやう》このロマンティスムの一面に他ならなかつた。大正は必然にこの反動を食らつて解體した。後世の文學史家が芥川氏を目して「この文學的解體期は一人の犧牲者を生んだ」と書くとしても、嘘ではあるまい。

（『小林秀雄全集』第一巻、一一一頁）

尾形亀之助の『色ガラスの街』もまた大正時代特有のこの「解體」過程のさなかに書か

れたと言っていいだろう。そこには、朔太郎の「青猫」的メルヘン詩があり、このメルヘン的詩にとっての「現実的なるもの」と言ってもよい「部屋」の言語化の失敗を補うべく案出された覚え書き的・日記的断片による「部屋」や身近な日本的現実の描写があり、未来派的詩の書き換えあり、未来派的「アナロジイ」による昼夜・天候・季節の商品化・生産物化ありといった具合に、「解體」のさなかの断片の寄せ集めといった観を呈していた。この雑然たる寄せ集め状態から徐々に脱却しつつ、亀之助は、「日本的なるもの」を詩の形に言語化する方向へ向かうのだが、昭和四年の『雨になる朝』にあっては、「超現実主義的」「アナロジイ」を実現する夢の展開される場としての「部屋」は描写されたものの、「部屋」の外部は、言語化不可能なものとして「夜」のうちに消失する危険があった。「超現実主義的」詩にとっての「現実的なるもの」である廃墟としての外部を埋めるべく回帰したのが、メルヘン的・未来派的・「超現実主義的」詩によって一旦は排除されていたはずの風景の断片群であった。昭和五年の『障子のある家』は、この回帰のメカニスムを記述するとともに、『色ガラスの街』以来亀之助の詩作が言語化しようとしていたもののメルヘン的・未来派的・「超現実主義的」詩によって非詩的なものとして抑圧・排除されていた「日本的なるもの」を、目的へと指し向けられた「道具」の連関、指し向けの構造の総体として十全に言語化することに成功した。「日本的なるもの」としての「障子のある家」を離れることなく、指し向けの網の目を張り巡らし、目的の不在による指し向けの不発と「無」の露出を誘発する試みがすなわち散文詩として結晶したのが『障子のある家』の諸篇だ。至るところに「無」の穴を穿たれた風景に露出する「現実的なるもの」、これを「昭和的なるもの」と呼ぶことも出来るだろう。

そもそも「日本的なるもの」を逃れるべくメルヘン的詩が書かれたと言ってもよいであろうから、『障子のある家』の亀之助が「日本的なるもの」としての「障子のある家」から離れる欲望を覚えたことは確かだろう。その可能性は、「形のない国」という形象を取った。しかし、「形のない国」とはまさに膨張する帝国主義的日本に他ならなかった。そして、「日本的なるもの」から離れようとしてかえって日本の帝国主義的膨張への妄想へと逃げ込むということは亀之助には起こらなかった。

太平洋戦争開始後に書かれ、昭和十七年九月に発表された「大キナ戦(1 蠅と角笛)」には、指し向け構造に絡め取られつつも、身を維持するための様々な「配慮」を怠り、指し向け構造を空転させることを目論み続ける『障子のある家』の散文詩群に於けると全く同じ「私」の姿を認めることが出来る。

五月に入つて雨や風の寒むい日が続き、日曜日は一日寝床の中で過した。顔も洗らはず、古新聞を読みかへし昨日のお茶を土瓶の口から飲み、やがて日がかげつて電燈のつく頃となれば、襟も膝もうそ寒く何か影のうすいものを感じ、又小便をもよふすのであつたが、立ちあがることのものぐさか何時までも床の上に坐つてゐた。便所の蠅（大きな戦争がぼつ発してゐることは便所の蠅のやうなものでも知つてゐる）にとがめられるわけでもないが、一日寝てゐたことの面はゆく、私は庭へ出て用を達した。

青葉の庭は西空が明るく透き、蜂のやうなものは未だそこらに飛んでゐるらしく、たんぽぽの花はくさむらに浮んでゐた。「角笛を吹け」いまこそ角笛は明るく透いた西空のかなたから響いて来なければならぬのだ。が、胸を張つて佇む私のために角笛は鳴らず、帯もしめないでゐる私には羽の生えた馬の迎ひは来ぬのであつた。

ここで「私」は、とりわけ「小便」を怠ることによって、「便所」を「道具」として機能させず、「指し向け聯関」から外され「道具」としては消失した「便所」の代わりに奇妙なメトニミー（換喩）的指し向けによって、あたかも露出した指し向け構造の空無を埋めるかのように「蠅」を浮かび上がらせている。しかも、その「蠅」は「戦争」に指し向けられている……。

第二段落の「明るく透いた西空」はまさにラカンの言う「現実的なるもの」であり、小林秀雄の言う「現實といふ永遠な現前」あるいは、「その背後に何物も隠さない現象といふ死の姿」である。この「明るく透いた西空」の「背後に」何かなくてはならない、「いまこそ角笛は明るく透いた西空のかなたから響いて来なければならぬのだ。」。しかし、『色ガラスの街』に於ける亀之助のまさに大正的な夢想の「草の上」(「彼女はきまつて短く刈りこんだ土手の草の上に坐つて花を摘んでゐるのです」、「無題詩」)という舞台とも通じる「くさむら」の光景に刺激されたものだろうか、「角笛」や「羽の生えた馬」などの牧歌的・西洋的道具立てによるメルヘン的夢想の回帰への呼びかけにもかかわらず、メルヘン的夢想はもはや「明るく透いた西空」の「背後」・「かなた」の空虚を埋めに戻っては来ないのだった。尾形亀之助の詩作は、「昭和的なるもの」としての「無」の露出そのものであある「明るく透いた西空」を前にして「胸を張つて佇む私」の姿を書くことによって終わりを告げる。

参考文献

『尾形亀之助全集』（思潮社、一九九九年）
『尾形亀之助詩集』（思潮社現代詩文庫、一九八〇年）
秋元潔『尾形亀之助論』（七月堂、一九九五年）
正津勉『小説尾形亀之助　窮死詩人伝』（河出書房新社、二〇〇七年）
吉田美和子『単独者のあくび　尾形亀之助』（木犀社、二〇一〇年）
「現代詩手帖　特集・尾形亀之助」（一九九九年十一月号）

『小林秀雄全集』第一巻（新潮社、二〇〇二年）
『西脇順三郎全集』第四巻（筑摩書房、一九八二年）
『萩原朔太郎全集』第六巻（筑摩書房、一九七五年）
『萩原朔太郎全集』第十巻（筑摩書房、一九七五年）
『海外新興芸術論叢書　新聞・雑誌篇』第三巻（ゆまに書房、二〇〇五年）

ハイデガー『有と時』（『ハイデッガー全集』第二巻所収、創文社、一九九七年）
フリードリッヒ・シュレーゲル『ロマン派文学論』（富山房百科文庫、一九九九年）
『フロイト全集』第十七巻（岩波書店、二〇〇六年）
『ベンヤミン・コレクションⅠ　近代の意味』（ちくま学芸文庫、二〇〇四年）
マルクス『経済学批判』（岩波文庫、一九九一年）
マルクス『賃労働と資本』（岩波文庫、一九九一年）
『マルクス＝エンゲルス全集』第二十三巻第一分冊（大月書店、一九七二年）
Jacques Lacan, *Le Séminaire*, livre XX, Seuil, 1975.

あとがき

この本は、私の書いた二冊目の大きな詩人論になる。一冊目は、一九九六年にパリ大学に提出したエリュアールについてのフランス語の博士論文『エリュアールの詩作品の生成、諺的言語からシュルレアリスム的エクリチュールへ（一九一八年～一九二六年）』だったので、二冊目が出るまでに十七年の歳月が流れてしまったことになる。

尾形亀之助論を書こうと思ったのは、詳しく覚えていないのだが、二〇〇〇年前後だったろうか。ともすれば、「怠惰」とか「ぐうたら」とかいう言葉で片付けられがちな亀之助ではあったが、『障子のある家』を読んでみると、「障子」や「火鉢」など今となっては民芸品的にレトロな魅力を発散する風物を書きながら、日本的な風景の中に抱かれるような抒情がほとんど感じられないところが印象的だったし、その思考の独特の論理に他の日本の詩人にはないような知性と批評性を感じた。もっとも、『障子のある家』の亀之助の論理は手に負えない気がして、エリュアール論でダダ期のエリュアールの詩について書いた経験から、やはり同じように前衛的な『色ガラスの街』についてのみ書こうと思っていた。天候や商品という観点から何か書けるかという気がしたのだ。

しかし、それもまた自分の手に負えなくて、いつしか亀之助論を書くことをあきらめていた。二〇〇二年以降は、詩は何とか書き続けていたものの、また折に触れて書評を書いたりはしたものの、むしろ、気功や太氣拳の練習やカントリー音楽を下手なギターで歌うことに熱中していた。あるいは、モロッコや新疆ウイグル、モンゴルの砂漠を彷徨ったりしていた。二〇〇五年に上梓した詩集『砂の歌』もすべてアメリカ横断旅行中に書いたものだった。浴びるように大酒を呑んだりの不摂生も祟って、二〇〇九年には、くも膜下出血で死線を彷徨った。親しくお付き合い頂いていた世界有数の気功師青島大明先生による発作四十分後の電話施術で一命を取り止めた。それまで全く知らなかった言葉の力を知った。頭にあてた携帯電話からの青島先生の「おまじない」で出血が止まり、破裂動脈瘤が跡形もなく消え去ったのだ。

二〇〇二年以降のほぼ十年間は、そんなわけで、自分の人生ではあるいは運気の悪い方であったと言えるかもしれない。

しかし、気功や武術の修業に未熟なりに励むことによって、それまで一学究としてフランス文学や思想を読んで来た自分にとって迷信に過ぎなかった広大な一領域が身体的な実践を通して見えて来たような気がする。「氣」、「運気」、「風水」など、五行思想や老荘思想に関わる一領域がそれだ。例えば、身体について語るとして、その際に臓器や骨、筋肉等々から成る身体を想定するだけで、解剖学的には証明されない経絡という氣の流れのネットワークを考慮に入れないのでは全く不十分であると考えるようになった。そんなことと関係があるのかないのか、大学という枠内でエリュアール論を書いたために専門という発想に縛られていたのが、十年間でより自由になり、いつの間にか再び亀之助論に手をつけることができる状態になっていたのだと思う。

くも膜下出血で倒れてからの三、四年は、ほとんど恢復期というしかなかった。病の後ほどなく亀之助論を今度こそ書き始めたものの、なかなかうまく行かなかった。三年間でこの本の六割ほどを難渋しながら書いた。福島第一原発の事故によるいわゆる東葛ホットスポットの片隅にあった流山の家が氣や家相の点からもよくなかったので、故郷と言ってもよい湘南の地に昨年の七月に舞い戻った。残りの四割、『障子のある家』についての大半の部分は、引っ越し後のほぼ一ヵ月の間に書き上げた。

その一ヵ月余りの間に直感的にひらめき、そしてこの本を書き終えてからヘーゲルの『大論理学』の「有限者」と「無限者」についての思考を読むことによって徐々にわかって来たのは、私にとっての二人の知性、片や尾形亀之助の『雨になる朝』、片や小林秀雄の「『悪の華』一面」に於いて、「有限者」としての風景が突如回帰したのは、やはり昭和初期に於ける一大事件ではないかということだ。「有限者」は乗り越えられて「無限者」に至るが、その「無限者」は「有限者」と対立する限りでの「無限者」であり、それは結局「有限者」に過ぎない、というのがヘーゲルの論理だが、その突如「有限者」に転じて出現したのが、『雨になる朝』の風景であるし、小林の読む「ボオドレエル」のパリの街の風景である。ここで強調しておきたいのは、その「有限者」として回帰したはずの風景は、尾形亀之助に於いても、小林秀雄の「ボオドレエル」に於いても、「無」として現われる「無限者」を孕んだ風景であることだ。つまり、それは、「無限者」を孕んだ「有限者」であり、「有限者」を孕んだ「無限者」であることになる。ヘーゲルの言い方に従えばそれは「有限者」と「無限者」の「統一」ということになるだろうが、フランス現代思想以後の発想ではむしろ「差異」と言った方がいいであろうし、ラカン流に考えれば、それはあるいは「現実的なるもの」ということになるのかもしれない……。

それにしても、「無限」の「夜」から突如回帰した次のような風景、「有限」なものであるに過ぎないのに、それ自体の中に「空無」という形で「無限」を孕んでいるような風景の美しさはどうだろうか。「窓を開けると子供の泣声が聞えてくる／／人通りのない露路に電柱が立つてゐる」。また、次のような目覚めの美しさは。「子供が泣いてゐると思つたのが、眼がさめると鶏の声なのであつた。／とうに朝は過ぎて、しんとした太陽が青い空に出てゐた」。そして、次のような「驚き」の美しさは。「私は空の高さが立樹や家屋とはくらべものにならないのを知つてゐたのに、風の大部分が何もない空を吹き過ぎるのを見て何かひどく驚いたやうであつた」……。

一度は「無限者」のうちに解消した「有限」な風景の回帰した美しさであるのか、あるいは、一度は「無限」の「夜」のうちで死にながら何故か再び戻って来た亀之助の目にした風景の美しさであるのか、私にはわからない。

確かなのは、回帰した「有限」的な風景としての「日本」にこだわることもなく、また、「無」としての「日本」を再び単に「有限者」と対立した限りの「無限者」として、すなわち「有限」的なものとして実体化することもなかったところに、そして、「日本的なるもの」を構造として捉え、その構造に骨絡みに捕えられながらもその脱臼・壊乱を図ったところに、尾形亀之助の「日本への回帰」以前の「日本への回帰」の特異性があるということだ。この壊乱の試みは、「無形国」のような詩にあっては、働らかないこと、そして生産の前提となっている消費を控えることによるミクロな面での資本主義システム壊乱を目指すところまで行っている。

「すべて世界史上の大事件と大人物はいわば二度現われる」、「一度は悲劇として、二度目は茶番として」。最近引用されることの多い『ルイ・ボナパルトのブリュメール十八日』冒頭のマルクスの言葉だ。福島第一原発事故の賠償をすべてすれば今の経済システムを維持する限り日本という国が破綻するという状況にあって、メディアと政財界を従えた官僚機構は、放射能汚染・アスベスト汚染など死と病の種子を日本全国に撒き散らし、福島と他の地域との汚染状況の落差を少しでも減らして、第一次産業や健康被害への賠償を出来得る限り少なくすることに腐心しているかのようだ。それに加えて、国内の政情不安は外敵によってそらせという統治の初等文法の忠実な適用であり、また兵器メーカーへ巨額の金を回す試みであるという以外実体は何もない「尖閣諸島問題」、「日中問題」などがでっち上げられている……。3・11以後のこのような状況を前にして、第二次大戦以後、既に例えば『野火』を、『戦艦大和ノ最期』を、あるいは『ゆきゆきて、神軍』を知る我々であるのに、一部の支配者たちの利益・権益のためのシステマティックな「棄民」という「悲劇」が繰り返されつつあるような気がしてならない。

亀之助の言い方を借りれば、まさに「自分が日本人であるのがいやになつたやうな気持」にもなるのだが、そんな中で、これまでほとんど全く顧みられて来なかった構造としての「日本的なるもの」という亀之助的概念と政治的実践としての亀之助の散文詩群の今目的意義を強調しておきたい。
　最後に、私が本書を書くことを可能にして下さったすべての方々に心より感謝したい。また、本書を出版することを快諾して下さった思潮社の方々、とりわけ、最初に原稿を精読して下さり、入念なチェックと常に的確な御教示を頂いた出本喬巳氏に深い感謝を捧げたい。

二〇一三年三月

福田拓也

本書扉ページの図版はいずれも仙台文学館提供

福田拓也（ふくだ・たくや）
一九六三年生まれ。
慶應義塾大学文学部仏文科大学院博士課程中退。パリ第8大学博士（ポール・エリュアール研究）。第32回現代詩手帖賞受賞。
詩集に『砂地』、『死亡者』、『言語の子供たち』、『砂の歌』（福田武人名）。

尾形亀之助《おがたかめのすけ》の詩《し》

大正的《たいしょうてき》「解体《かいたい》」から昭和的《しょうわてき》「無《む》」へ

著者
福田拓也《ふくだたくや》

発行者
小田久郎

発行所
株式会社思潮社
〒一六二―〇八四二　東京都新宿区市谷砂土原町三―十五
電話〇三（三二六七）八一五三（営業）・八一四一（編集）
ＦＡＸ〇三（三二六七）八一四二

印刷所
三報社印刷株式会社

製本所
株式会社川島製本所

発行日
二〇一三年七月三日